U0037326

看得見風的男孩

Winds of change

C.W.尼可 著　黃靜怡 譯

寫給讀者

這個故事是以日文撰寫的。由於不得不依賴膽寫，所以對我而言真是件苦差事。但為何非用日文撰寫不可呢？在被問及原因時，我通常都是這麼回答的：我在日語世界裡是個八歲的男孩，因為我在日本只住了八年。

姑且不管那些，本書中出現的「那傢伙」究竟是何方神聖？我的一生本來就這樣懵懵懂懂度過的，直到經歷了「那傢伙」所說的「脫胎換骨」……。

在脫胎換骨之前，我對「那傢伙」都一無所知！但即使如此，我對「那傢伙」還是有很多的感覺。

我六歲時曾動過扁桃腺手術，那是個可怕的體驗。醫院、打針、戴著怪異的口罩、無法入睡……，然後又在陌生的地方醒來、吐血。

我想，那當下我已經體悟到大人口中的「死亡」──變成孤單一人，

被眾人拋棄。

深夜我下了床，逃出病房，在走廊上徘徊，走進一個掛滿了大鏡子的房間。一照鏡子時，映入鏡中的是一張陌生的臉孔。我現在還是不確定，那張臉真的是現在的我嗎？一張四十三歲男人的臉。當時六歲的我看到那張臉時，不禁嚇傻了，在我頭一次感到害怕的當下，鏡中的臉孔瞬間恢復正常：一個嬌小、金髮、藍眼、穿著睡衣的男孩。

那時的我，跟現在的我，該怎麼說呢？彷彿有一條超越時間與人生的線聯繫著彼此。雖然至今我仍無法解釋這種現象，但是我確信有一天，「那傢伙」會向我說明這一切。

換個話題吧！

那是我祖父過世前的事，在病危狀態的祖父，忽然從床上爬了起來。祖父的眼睛炯炯有神，簡直跟健康時沒兩樣。他伸出了右手，凝視著空中，開心地喚著：

「啊！你來接我啦！」

深愛祖父的家人，都知道他時日不多了，我想應該是才不久前過世的祖母，她的靈魂先到了祖父將要去的地方。

「是誰啊?」

伯母問道。

「是一個小男孩。」

祖父拉著清晰的嗓音答道。

「帶我去庭院吧!真美!真美!陽光和花叢。啊!真是難以言喻的美景……。拉著我的手……。」

祖父的右手好似握著什麼似地,慢慢地垂到了棉被,祖父就這樣停止了心跳,眼中的光芒也瞬間消失了,但臉上卻始終掛著微笑。

或許祖父已經跟「那傢伙」相見了,也說不定!

即使那可能只是南柯一夢。

讀者諸君,你們會怎麼想呢?

C. W. 尼克

於黑姬

第一章

一開始，我是在夢中和少年相遇的。

聽起來或許有些不可思議，那傢伙和我目前遇過的人截然不同。

雖然這麼說，但那種表情也有一種似曾相識的感覺。他不是日本人，也不是西方人，說不上來是哪個地方的人。那表情不禁讓我思考，在我變成我之前，又是誰呢？

總而言之，那男孩的表情、動作，甚至是細微的小地方，我都記得很清楚。那傢伙的表情像是早就在鏡中等待著我。

咦……在鏡中等待著的表情，不就是自己嗎？是呀。那傢伙像你，像我，像他，像那傢伙的表情。這個夢我已夢過不下千百回。

我不認為那個男孩只存在於夢中。我現在甚至覺得，自我出生以來，那傢伙就一直活在我的心中，那感覺就像是對我很重要、認識很久的老朋友般。

其實，我好幾次都想忘了那傢伙的事。因為他常常說些令我介意的話。那傢伙喜歡進來我的書房。我都還沒喝晨間咖啡，那傢伙就一屁股坐下，盤腿坐在我那些重要的資料上。

「喂，我正在工作，不要來煩我！」

「工作？什麼工作？」

「寫書啦！」

「嗯！」

那傢伙目不轉睛地盯著我瞧。

「別那樣看我！這樣叫我怎麼工作？」

「是寫好書吧？要不然樹好可憐喔！」

「咦……樹很可憐？為什麼？」

「因為叔叔你為了完成一本書，就會砍伐大量的樹木，不是嗎？」

「所以，如果不是好書，樹不是會很可憐嗎？」

「原來如此，被你這麼一說，我倒有點不想寫了，去做其他的工作好了！」

「什麼樣的工作呢？」

「嗯！勞動的工作比較好吧！像是挖洞，搬石頭……。」

「嗯……叔叔搬得動石頭嗎？」

那傢伙摸摸我的肌肉。

「嗯，很大、夠硬。叔叔真的很強壯，不過……」

「不過什麼？」

「雖然外表很強壯，但內心卻好像很脆弱。」

「爲什麼你會知道這種事？」

那傢伙微笑著。

「不過別在意，只要脫胎換骨，就可以改變了。」

「脫胎換骨？喂，我又不是蛇？怎麼蛻皮啊？我可是有完美的皮膚喔。」

「叔叔果然不能理解！不能理解的人怎麼寫書呢？叔叔已經蛻過好幾次皮了，只是你都不記得而已。現在請你喝杯晨間咖啡，轉換一下心情吧！我先走囉！」

滿口胡言亂語的孩子。蛻皮……？去！

但是我卻無法忘記那傢伙說的話。那傢伙對我說過很多話，那絕

對不是陌生人能講得出來的。

即使不是自己的事，他也能設身處地為所有人著想。

為什麼可以這樣呢？

該不會是因為從小就常常被罵的緣故吧！

「別大聲說話！」

「不要在走廊上唱歌！」

「不要吹口哨！」

「別當發出聲音的怪傢伙！」

「吃東西時，別發出狼吞虎嚥的聲音！」

「喝東西時，不可以發出咕嚕咕嚕的聲響！」

──還有，

「什麼，在草坪上撒尿，豈有此理！」

──諸如此類……。

因此那傢伙十分清楚，有哪些事情是不能表現出來的。

不能在別人面前表現出來的，不論是聲音也好、氣味也好、甚至

連那件事也……。

你也有這種記憶吧？

總而言之，這些事情還真是令人非常不好意思呢！但是那傢伙卻認為，能誠實地表現自己是很好的一件事。

「請聽別人說話！」

「請吃紅蘿蔔！」

「請深呼吸！」

「請看！」

「請聽！」

「請吃！」

以簡單的英文來說，OUT是不行的，IN才是好的。

展現自己，不管是什麼，不表現出來是不行的，但那傢伙卻未曾在大家面前如此做過。你會怎麼看那傢伙呢？這個問題，問了也是白問。

那傢伙是個心地善良的人，別人說的話，無論是什麼，他都會好好地聽進去。

用眼睛去看，用耳朵去聽，用肌膚去感覺，用嘴巴去品嚐，像這

樣的事，他比任何人都還要擅長。仔細地聽，無人時的浪濤聲也好，鳥兒鳴叫的聲音也好，連風吹過樹枝的沙沙搖曳聲也好，那傢伙的耳朵總是比蝙蝠還要靈敏。

有一天，一大群螞蟻經過他的面前。

——啊！那個從最前面數過來的第十七隻螞蟻，拖著右排中間的腳，和整個隊伍行進的步調完全不同。究竟怎麼了？

那傢伙說了一句話。結果，那隻螞蟻抬頭回答：

「沒什麼啦！前陣子跟紅螞蟻比賽足球，有點被踢到了。馬上就會好了！」

螞蟻的聲音比那腳步聲還小。小聲到一般人怎麼聽也聽不見，但是那傢伙卻能聽得很清楚。從那天開始，在螞蟻的社會裡就這樣流傳著：那傢伙能聽懂我們所說的話，能確實地聽見。從黑螞蟻、到紅螞蟻，從爬在地上的螞蟻，到結婚時才生出翅膀遨翔在天空的螞蟻。

然後，從蒼蠅，到蜜蜂，在幾個星期之內，關於那傢伙的傳言，就在昆蟲的世界中被傳開了。

昆蟲的世界，比人的世界要長了幾億年。以螳螂來說好了，在人

還沒出現在這個世界上時，就很努力地活著。所以人類還是別太囂張比較好。

昆蟲教了那傢伙很多事。當然，不只是昆蟲。連心情不太愉快的老烏鴉，也教會他鳥語。

不只是生物，甚至連水說的話，他也聽得懂。

他經常獨自坐在河畔，聽水說話。

「啊！這次看到好大的岩石喔！哇啊！嘩啦嘩啦……流得好快喔！啊啊，這次是碎石。唰唰唰……！真舒服！這次又到了更深的地方。哇！好涼喔！」

看著河川裡的水，那傢伙一邊想著。為什麼看得見水呢？如果是乾淨清澈的水，如此透亮，照理應該是看不見的不是嗎？但是卻能如此清楚可見。如果看不見水，魚會困擾。在哪裡游泳會比較好呢？

越想就越無法理解……。

他想到這裡，又會開始對鳥跟蜜蜂能在空中飛翔的事感到好奇。

如果向在空中飛翔的鳥兒打聽，一定可以得到滿意的答案。但是那傢伙不知怎麼搞的，一直覺得去打聽這些很丟臉。

一天傍晚，兩隻螞蟻在巢穴中比賽搬蛋。那傢伙斜瞄著這場比賽的進行，他全神貫注地看著，看到眼睛都好像被針扎到般刺痛。他看著螞蟻的忙碌身影。

啊，看起來似乎很忙！

那傢伙想到這裡，他感覺有個軟綿綿的東西輕輕地在碰他的肩膀。

是蜻蜓。蜻蜓的四片翅膀在夕陽的餘暉下閃閃發亮。

哇！好厲害喔！你怎麼那麼會飛啊！沒發出什麼聲音，似乎很輕鬆地在飛翔著，那振翅的情景，真是非常的美麗呢！

蜻蜓用琢磨過的鑽石般的眼睛，往上看著他。

「因為看得見。」

「看見什麼？」

「在我們四周的東西。」

「那是什麼？」

「看得見的東西！在我周圍的東西。」

「在我周圍的東西？那是什麼？」

「當然。」

「在我的周圍？」

「沒錯。」

「可是……我看不見啊！」

蜻蜓極力振翅。筆直、透明、像蕾絲般的翅膀。蜻蜓說道……的玻璃上，嵌入染黑的蜘蛛絲般的翅膀。就像在很薄很薄

「你啊，可以感受到它在動吧！你應該也聽得到、摸得到吧！」

「是嗎？」

「沒錯。」

蜻蜓一邊擦著下巴，邊清理吃剩的蚊子殘骸，說道……

「冷掉的東西……喀滋喀滋……有刺的東西……喀滋喀滋……乾的東西……喀滋喀滋……弄溼的東西……喀滋喀滋……壓它、拿起它、丟它……喀滋喀滋……呸！」蜻蜓唱著歌。

「你可以殺它，也可以破壞它。這你應該也知道吧。

「知道什麼事啊！我實在不懂。」

「蚊子很好吃嗎？」

那傢伙表情有點嫌惡地問著。

「嗯，好吃喔。為什麼要問我，你自己不會吃看看。」

那傢伙不發一語。蜻蜓接著問：

「因為你看不到，所以不知道？」

「嗯……」

「嗯……什麼？」

「蜻蜓先生，你都叫它什麼？」

「那個嘛……有很多種說法。對你來說，你只知道『風』這種曖昧的名字。」

「風？」

「是啊，是風。」

那傢伙伸出手指，蜻蜓立刻停在手指上。那傢伙讓蜻蜓貼近自己的臉，直盯著蜻蜓。為了確定蜻蜓是不是在開玩笑，於是那傢伙說：

「如果是風的，我當然知道啊！」

「但是剛剛你不是說看不見？」

「雖然看不見，但是應該會知道吧！」

「即使看不見？」

「那是當然的啊！」

「喔……」

說完，蜻蜓振翅飛走了，牠像直昇機般地在那傢伙的鼻子前面盤旋飛舞。聽到翅膀啪答啪答的聲音，那傢伙不由地笑了出來。

「你應該懂吧！看得到嗎？看不到嗎？懂了吧。」

蜻蜓隨即揚長而去，身影消失在高高的橡樹群裡。

那傢伙發呆了好一陣子，才蹲下身來喃喃道：

「螞蟻先生，誰贏了呢？」

但是，螞蟻們早就各自回家了。

夏至。風像盛夏少女的氣息般輕柔。那傢伙正在回學校的柏油路上，真是炎熱的一天。遠遠地就看見馬路上不知道是什麼在動，像水一般透明的東西……。

「那是什麼？」

那傢伙說道。

話才說出口，飛過頭頂的烏鴉就說：

「是空氣，是熱空氣唷！」

「你能看得見空氣？」

「當然看得見啊！如果看不見要怎麼飛呢？請你張大眼睛好好看。嘎……嘎……。」

「風來了，好可怕，好可怕……。加油吧！撐著點，風來了……。」

見樹葉被風吹動的沙沙聲。如果仔細聽，葉子似乎正在說著……

從那天開始，他漸漸瞭解空氣是看得見的。在風吹之前，就能聽

那傢伙這麼想著。

——像葉子這麼不起眼的東西，都能看得見風……。因為鳥看得見風，所以能翱翔於天空。飛行的方式也有好幾種，慢慢地飛，跟一下子就拉高的飛行方式全然不同……。

他也了解到空氣有許多種型態、味道與種類。地面上飄流的空氣，雖然像水般透明，但那傢伙卻能清楚地看見。

有一天，那傢伙在山上，看見了空中的樂手——二隻烏鴉，看似

愉快地拍動著翅膀。在西邊的天空中，鱗片雲像魚一樣在游泳。

此時，烏鴉們飛了過來。

雖然不可思議，不過那傢伙在飛！

「終於能飛啦！」

「老兄，你幾歲啦？好慢喔！」

「唉呀呀，不是那邊的風啦，是這邊啦。」

「試著順著碰到山壁而往上揚的這道風飛看。」

說完，那傢伙乘著風飛到高空中，他那時想著，沒有比飛行還要開心的事了。

但是仔細想想，其他人好像沒有一個會飛的。

——飛行這件事，難道是不可能的嗎？因為會清楚地看見隔壁伯父的禿頭？還是，會看到別人的家和庭院？一定有什麼理由才對。

那傢伙思考著。但是，能夠飛的確是件快樂的事。

從那天開始，那傢伙就常常偷偷地和鳥兒們一起飛翔，一起互相切磋。

有一天，那傢伙發現了比飛行更不可思議的可怕力量。

說：

那天早晨，那傢伙洗了二次臉。

「沒有洗乾淨，請再洗一次！」

那傢伙本來打算聽話的，但是當他照鏡子時，映在鏡子裡的臉

「別看我！這個不是污垢，是雀斑。」

那張臉生氣地瞪大眼睛凝視著他。

鏡子就喀啦喀啦地破成碎片。

起初那傢伙還不知道自己擁有這種力量。

過了幾天，那傢伙跑在田間的羊腸小徑上時，被砍斷的樹根給絆倒了。

「啊……好痛！」

那傢伙抱著被撞到的地方，跌坐在地上。

「好痛，好痛，快痛死啦……。」

那傢伙生氣地望著樹根。

就會被我破壞！

——我不能再用可怕的眼神看東西了！用那種眼神看的話，東西

自己對螞蟻做了不好的事……。

那是螞蟻的城堡。那傢伙哭不是因為自己腳痛而哭泣，而是因為

「不好了！城堡崩塌了。大家要小心，兵隊集合！保護女王！將

蛋運到安全的地方！」

樹根在一瞬間裂開了。然後就聽到數百聲的驚叫聲。

啪答……

第二章

過了一年。

那傢伙的國家，舉行了「關於科學與哲學」的研討會。

雖然那傢伙在學校的功課比誰都還要優異，但是考試的分數卻不如預期。究其原因，那傢伙思考的比別的學生都還要縝密，卻羞於將他的知識表現在考卷上。他對科學及哲學很感興趣。

那傢伙死纏爛打地拜託學校老師，終於拿到一個星期的會議入場券。他每天下課後就飛奔去會議現場。

「那小孩是誰？」

「不知道。可能是哪位科學家或是哲學家的小孩，大概在等他父親吧。」

一開始那些大人們還覺得他很特別，但很快地大家也就習

慣了。

那傢伙每天仔細地聆聽許多知名科學家和哲學家們的演講。

「……因此，這光線……，換言之，這種能源的運用帶來了產業革命。但是我個人認為，這個機械也有被誤用在戰爭的可能……。」

禿頭教授的聲音在挑高天花板的大廳中迴響，好像是在談論發明雷射光，仔細聽了之後，結論是，要發射這種光線，必須有非常複雜的設備才行。

那傢伙越聽越覺得不可思議，製造這個設備好像要比製造玩具還要來得有趣。

但是，明明是在破壞，為什麼要用這麼複雜的設備？破壞東西，就連我這種小男生也做得到。只要抱著怨恨的心情就可以了……。那傢伙如此想著。

教授繼續說著：

「現在，我想讓大家瞧瞧這個實驗。」

說完後，來了四個壯丁把一塊大石頭搬到了舞台上。講台對面，蓋著一塊比人還要高的黑布。教授走近它，啪的一聲將布扯下。

那是用閃著金黃色光芒的黃銅線圈所圍繞起來的機器。這個機器比一般的大人還要高、還要寬，而且上下粗細一致，是由鋼和水晶做成的，從細長尖挺的鼻子，和以大顆紅寶石點綴而成的眼睛，望之令人生畏。四個輪子轉動了起來，連接著它們的是很粗的電線所製成的臍帶。

教授按下開關，機器好像從沉睡中甦醒過來，發出嗡嗡嗡嗡的聲音。

大廳的燈光暗了下來，機器的鼻尖射出像箭一樣的光束，集中在石頭上，映出了一個紅點。大廳充滿了臭氧的味道，岩石立刻被劃開了一個洞。

教授切掉電源，大廳中的科學家及哲學家受到這強大的衝擊，震驚地一句話都說不出來。這部能將大石頭劃開一個洞的機器，比之前人類所發明過的任何武器，都還具有可怕的破壞力啊！

「……有任何問題嗎？」

教授以自信和威嚴的聲音問著。

這時響起了一個清澈的少年聲音。那傢伙望著講台，興致盎然

地，再也忍不住地鼓起了勇氣說：

「教授！這真是個很棒且有趣的機器呢！我也想要做看看……，但是為什麼需要這個東西啊？」

「為什麼需要？」

「嗯，就算沒有它，每個人都能夠破壞石頭呀！」

教授看了看孩子，不禁苦笑起來。

「喔……？每個人都能夠破壞石頭？」

那傢伙走到最前面。

「嗯，那麼要怎麼破壞呢？」

「怎麼破壞？嗯……該怎麼說……，首先，專心地看著石頭，然後石頭也會回看你。石頭的視線一旦回看過來，就會產生比之前多一倍的能量。將那個能量反彈回去，就會有另一次的回看。那視線或許會再反彈回來，最後石頭會無法抵擋，然後就會碎掉。」

那傢伙用沒什麼自信的語氣說著。大廳中的大人們都放聲大笑起來。

教授說：

「這傢伙真有趣。如果能的話，那你就試試看吧！」

那傢伙照他自己說的，全神貫注地凝視著講台上的大石頭，講台上隨即發出了如閃電般的巨響，石頭在瞬間碎成四塊。

科學家和哲學家們都因為太過震驚而站了起來，教授的臉色就如同頭蓋骨般慘白。

科學家們都不敢相信自己的眼睛，大廳中一陣嘩然。會議被中斷了。

為了再次確認剛剛發生的現象，學者們決定全體到外面做實驗。

大廳中有個空曠的空地，到處都有石頭。

「這個石頭好。」

有一個科學家說。

大家選出了六個值得信賴的科學家及哲學家，組成了緊急委員會。

兩個科學家負責調查石頭的大小、重量、形狀及種類。

「這個石頭是最硬的石頭，是花崗岩，是隨冰河運來的。」

兩個哲學家將石頭仔仔細細地調查了一遍。

「確實沒有添加炸藥，是純天然的石頭。」

其餘兩人正在盤問那傢伙。

「很普通的男生。」

「那麼，男孩，你可以從十公尺遠的地方移動石頭嗎？十公尺應該不會太遠吧。」

「嗯，能看得到的話，就不算太遠。」

「嗯，好。」

「那就讓我們再看一次吧。」

緊急委員會的六個人，一手拿筆記本，另一手拿著鉛筆，等著關鍵時刻的到來。其他距離一百公尺之外的學者們，則屏息以待。那傢伙聚精會神地盯著那塊堅硬的石頭。聚精會神地……。

喀啦喀啦喀啦……碰咚！

和之前一樣，堅硬的石頭四分五裂，碎成一塊一塊。石頭下跟桌子般大小的平坦岩石也隨之粉碎。

緊急委員會的主席說：

「小男孩，你曾經讓別人看過你這種特異功能嗎？」

「嗯，沒有。」

「明天早上可以請你再來這裡一次嗎？」

「嗯，來是可以來啦，不過現在已經是晚餐時間了。我得趕緊回家，要不然我會被罵。那就這樣，各位我先走囉，再見！」

「啊！你可以回家啦，不過，先在筆記本上留下你的姓名、住址、還有學校好嗎？」

「真麻煩……。」

那傢伙喃喃自語的說著。

那傢伙手持紙筆陷入苦思。對於閱讀，那傢伙沒啥問題，但說到寫的話，就真的令他困擾了。因為他認為閱讀是「IN」，而寫則是「OUT」……。

此時，另一位科學家很慌張地說：

「小男孩，那個可以借我一下嗎？」說完之後，就拿走了那傢伙手中的鉛筆和筆記本。在上面不知道寫了些什麼之後，交給大學的助教。那傢伙趁著這個空檔就溜了。

「喂，等一下！」

那傢伙邊揮手邊叫著。

「我明天還會再來！」

那傢伙邊說著，身影漸漸消失。

那傢伙一離開，學者們立刻回到大廳召開緊急會議。

「那小孩的事情非通報政府不可。」

「不不不，應該再多做一點實驗。」

「不，那小孩的事如果被政府知道了，就會被隨便運用，會引起很多麻煩的事……」

在大廳的後方，製造出具有不可思議力量的機器的科學家，愁雲慘霧，陷入苦思之中。

緊急委員會中年紀最長的學者說：

「那小孩的事一定要讓政府知道。但是在通報之前，我們有責任保護他的安全。各位，我們能保證那小孩的安全嗎？」

聽到了這些話，其他的學者看了看彼此。

機器的發明者悄悄地從大廳後門跑了出去。

第三章

明亮的清晨，那傢伙起個大早準備去空地。心想讓那些偉大的學者等他，真是件不禮貌的事。

在空地，有個老婆婆和好幾名農夫。老婆婆好像無法走路的樣子，因此由一名農夫攙扶著。

「怎麼啦，老婆婆？」

「你說這個腳啊？嚴重扭傷，痛到無法走路。想在太陽昇起前採些蘑菇，但田埂上卻滿是石頭大小般的坑洞。昨天到底發生了什麼事？哪個兔崽子在這裡惡作劇？！」老婆婆大叫著。

「好痛！好痛！真令人困擾。今天沒辦法下田，明天就不能去市場叫賣。到底是誰挖了這麼多個洞啊？」

聽了這些話，那傢伙的胸口隱隱作痛……。

那些石頭般大小的坑洞，一切都是我的傑作。怎麼辦？螞蟻的城

堡也好，石頭也好，破壞是如此容易，復原卻很困難。弄壞東西是件不好的事。

「啊……該怎麼辦才好呢？對了！搬塊能蓋在坑洞上，像桌子般扁平的石頭就可以了。但到哪裡找好呢？好吧！去四處找找看。非找到能填平那些坑洞的石頭不可……。」一說完，那傢伙的腳邊就發出了極微小的聲音。

「當然，那是你該做的。原本這麼好又隱密的洞穴。石頭的屋頂，又暗、又暖、又乾燥的洞穴，卻……。我們已經好幾代都在這個洞穴中幸福地生活了。」

那傢伙很抱歉地說道：

「黃鼠狼先生，真對不起，我一定會幫你找到一塊好的屋頂。無論如何請你原諒……。」

這時突然響起警笛的聲音。十二輛又大、又氣派的黑色轎車，和二十部警察摩托車到了空地旁，出現了穿著黑色制服，手持棍棒及短槍的男人。

「滾出去！這裡是國家指定區。」

那傢伙正打算為坑洞的事情道歉，農夫們和老婆婆就被警察給轟走了。

「喂！小孩，怎麼沒去學校上課？不能在這裡玩！」警官說道。

這時，昨天的機器發明人，從一輛黑色轎車上走了下來。

「等等！好像就是那個小孩。」

才幾秒鐘，那傢伙就被身穿黑色制服的男人們團團包圍，他又害怕又想哭地說：

「各位，對不起。弄碎石頭和這些坑洞，這些全都是我作的。」

從後方看到這些的上校，穿過了警官的包圍俯視著那傢伙說道：

「是你嗎？是你破壞石頭的嗎？」

「是我。對不起。」那傢伙慚愧地幾乎聽不見的聲音回答。

「沒那麼可怕，要不要坐我的車去兜風一下啊？我們來聊聊。」

「但是我必須和科學家們見面，而且也要去上學……。」

「我可是布拉尼克上校喔！」

「要帶我去警察局嗎？」

上校大聲笑了起來。「警察局？沒那回事，只是去兜風，到國家

軍事管理局喝個檸檬水，邊吃點心邊聊天罷了。」上校伸出右手想牽住小孩。

「但是我和科學家們有約，如果不去學校的話，老師……」

「來吧！」上校抓住小孩的手，往前導車的方向走去。

國家軍事管理局在國家科學中心的旁邊，是一棟四層樓的紅磚建築。小小的窗戶並排著，外側狹小的庭院有歷任將軍的白色大理石肖像，還有好幾名軍人。石像也好，軍人也好，都一動也不動地站著。

十二輛黑色轎車和二十部摩托車浩浩蕩蕩地，從大門前的兩座大砲和筆直敬禮的警衛士兵間通過，在中庭停了下來。中庭裡有幾位少尉以上的軍官，和身穿黑色西裝的國立軍事科學中心觀察員，還有將軍。

另一方面，昨天緊急委員會的六位科學家，和那傢伙的學校導師，總共七個人都被士兵們圍住，臉上寫滿憂慮。因為發明機器的教授告密，所以軍事管理局馬上緊急調查會議出席者的名單，將和那傢伙有關的人，都列為重要關係人，一早就將他們一一傳喚至此。上校和小孩一起下了前導車。

「這邊！」上校向導師打著招呼。

「早安，老師！」

「你究竟幹了什麼好事？」就在老師對小孩興師問罪的當下，上校打斷了老師的話。

「你和這個小孩是什麼關係？」

「嗯！我是他的老師……。」他一說完，上校馬上就喊人：「把他帶去做筆錄！」

「好吧！我們來談談。」上校微笑地對著那傢伙說道。

「那邊好像有座石像，你看得見嗎？」

中庭的角落有座很多年都沒人注意過的石像，是那天早上不知道從哪個倉庫拉出來的，是以前國王的雕像。這個國家在那傢伙出生以前，曾發生一次政變，善良的國王被軍隊驅逐了。因此民間流傳著國王被關進某處牢房的流言，但誰也不清楚真正的內幕。唯一可以肯定的，是現在到處都看不到國王的畫像和石像。

六位學者的臉瞬間變得鐵青。被軍隊找去做過筆錄的人，幾乎都知道，筆錄要做到第二次的人，通常是有去無回的。

石像橫在中庭角落的牆壁旁，附近堆滿了一個人高的砂包，砂包上都是彈痕。石像的旁邊也有著一個人高的柱子，上面也有好多彈孔，柱子頂端垂下一條鏈條。柱子上有些許裂痕和棕色的斑點。

「啊，那感覺還蠻不錯的老公公石像是？」

「啊！那個滿臉鬍鬚的老公公……。能看得見嗎？好像是昨天才搬過來。你不從這裡破壞它？」

「啊？這是怎麼一回事？」

「你昨天不是將石頭破壞了兩次嗎？那個雕像也是石頭，你能試著破壞它嗎？」

「為什麼？」

「老公公的石像有點佔空間，已經不要了。如果能像昨天那樣破壞處理掉的話，那真是感激不盡。你可以做到嗎？」上校用手指了指那六位學者，「聽那些人說，你只用眼睛一看，就可以破壞石頭，不是嗎？」在中庭角落的學者們不知道自己會不會被下令射殺，一臉地戒慎恐懼。

那傢伙凝視著自己的鞋子說道：「我沒辦法，我沒辦法……。」

那傢伙不知道該說些什麼才好。他想起了上校先前說的，「你應該給我檸檬水和餅乾，不是嗎？」

那傢伙希望自己有時間思考。他開始感受到周圍大人的氣氛有些不對勁。軍隊驕傲的樣子、學者們害怕的樣子、還有中庭裡有些沉重灰暗的整體氣氛……，不知道哪裡怪怪的……。

「啊！沒錯！」上校喊來士兵。

「拿檸檬水和餅乾來！」士兵們也被這個指示嚇得目瞪口呆。

「別站在那裡像死魚一樣。快給我拿檸檬水和餅乾來！」

士兵們立刻立正敬禮。「是的，上校！」

上校對那傢伙笑了一下，露出了滿口的金牙。

「那現在可以幫我摧毀石像嗎？」

那傢伙看著好像很可憐的石像，那張很疲憊的臉，不是那麼堅強的臉，那是一張和善的臉。皇冠有些彎曲，連石像的斗蓬也有了皺摺。——那老公公究竟是誰？那傢伙想著，盯著石像直瞧。

在那傢伙還在想的時候，士兵們已經回來了。

「布拉尼克上校，局裡沒有檸檬水和餅乾之類的東西。只有白蘭

地和魚子醬……。」士兵敬了個禮，上校則頷了頷首。

——所謂的大人，為什麼可以說話不算話呢？那傢伙那時心裡這樣想著……。

「你在拖拖拉拉個什麼啊！小孩！」布拉尼克上校的聲音聽起來有些生氣。

「我沒辦法！」那傢伙鼓起勇氣說出這句話。才一說完，「啪！」的一聲，上校用他又大又粗的手，賞了那傢伙一記耳光。那傢伙從出生以來，頭一次被打，這真是嚇壞他了。他眼冒金星，耳鳴、想哭卻哭不出來。他驚嚇地盯著上校那張充滿怒氣的紅臉。

那傢伙從出生以來對大人的滿腹怒火，終於在這時候爆發。該怎麼說明當時的狀況呢？好像很難解釋？他只想回敬一下上校那個可怕的眼神。

上校的身體「咻！」地一下子飛到了二公尺以外。屁股「咚」地一聲著地。是哪一方嚇到了？是上校？還是小孩？

上校那黑色且燙得筆直的軍服褲子上，臀部滿是是灰塵及泥土，就像一張生氣的臉那般，留下了一個圓形的泥印，一切變得一團糟。

軍隊和警官們都嚇了一大跳，一位學者想都沒想地就笑了出來，上校怒不可扼地怒罵起來。

震怒的上校，讓將軍及軍隊的每個人都嚇到僵直了身體。

「逮捕他！」上校指著小孩，以似乎要殺掉他的語氣大喊著。

那傢伙快步地從中庭逃走了。敏捷的身手讓軍隊無法馬上抓到那傢伙。

但是中庭的入口有厚厚的鐵門，那傢伙無法逃出中庭。

「你給我站住！再跑我就打死你！」上校大聲斥責著。

一聽到這些話，方才笑出聲來的學者說道：

「上校，拜託你！他只是個小孩，請別對他施暴！」話才說完，上校立刻從腰際掏出手槍射殺了學者。震耳欲聾的槍擊聲迴響在整個中庭。騷動不已的軍隊霎時都停下動作。拿著還在冒著煙的手槍，上校大步走向那傢伙。

這時那傢伙聽到從屋頂上傳來的微弱聲音。擋雨板上停著一隻麻雀，牠看到了這一切。對麻雀而言，中庭的槍聲和教堂正午的鐘聲一樣，都不稀奇。

「唉！那不是看得見風的男孩嗎？飛啊！現在只能飛啊！」一聽到這席話，那傢伙展開雙臂，咻咻地飛走了。

上校邊瞄準那傢伙，邊吼著：「不准動！」

但是現在男孩一點也不害怕。那傢伙怒目瞪視著那把手槍，怒目瞪視……。手槍的前端馬上「喊」地一聲裂了開來。同時上校的手腕因為裂開的衝擊力太大，麻痺地舉不起來。那傢伙就像飛上天空的鳥兒般，揮振著手腕，慢慢地慢慢地離開了地面。好不容易飛到一個大人身高的高度時，上校突然驚醒，大聲地下令：「將他拿下。」

但那傢伙從容不迫地飛向天空，士兵們死命地想抓住他的腳。那傢伙的手腕雖然有點累，有點痠，但是為了活命，還是拼命地揮著雙手。在這個中庭，因為看不見風，所以很難飛行。

那傢伙漸漸地飛上了天空。麻雀一直為他加油打氣。「加油！再加油一點！再飛一點點就可以看到風了！加油！」

「瞄準！」眼睛充滿血絲的布拉尼克上校大吼著。士兵們瞄準了正在飛翔的那傢伙。但沒有一個人想射殺那小孩。因為懼於上校的淫威，幾個士兵雖然還是扣住板機，但都沒有人想射擊他。

那傢伙飛到建築物四樓左右的高度時，就像麻雀說的，看得見風了。清澈且涼爽、舒適的風正在流動著。

「應該看得見吧！再加點油！」

那傢伙飛得比屋頂還高，乘著風，越飛越高、越飛越遠，飛到看不到士兵的地方。剩下的五個學者面面相覷，大概都不敢相信自己親眼所見到的吧！其中一個學者跪在倒在地上的學者旁邊，有氣無力的舉著手，流著淚喃喃說道：「平安地逃走吧！乘著風遠遠地飛走吧……」

上校的眼睛浮現出地獄般的神色。

第四章

在這個國家的中央，由一條大河貫穿流通。晴朗的春日裡，數不盡的鮭魚正在急流中奮力向上游。在寬且盡是砂礫的地方連續出現好幾個瀑布。這裡是鮭魚旅行的終點——產卵的地方。

河流的兩側是高聳的懸崖，人類和熊不容易接近，眼前還有個大瀑布，連鮭魚也無法游上去。能飛過瀑布的，大概只有鳥吧！很久以前，這個瀑布上面就是嘉魚和鱒魚等一些河川魚類棲息的地方。警察和軍隊所能控制的城市都是在這個國家的北部。從最靠近這裡的都市，乘坐腳力強壯的馬到山上旅行，大約需要花上兩個星期，就可以走到一個令人害怕的瀑布。

從前來這裡淘金和尋找翡翠的人們，都叫它「鬼嚎瀑布」。鬼嚎瀑布只能從遠方眺望，是個非常危險的地方。根據看過這個瀑布的人表示，那裡能聽到從瀑布墜落的男人哭號聲，並且夾雜著鬼嚎瀑布的

呻吟。

淘金客只要喝了點酒就會不斷地說著鬼嚎瀑布的傳說。這雖然地方很可怕，但也令人嚮往。同伴們都在說，聽說如果從鬼嚎瀑布順流而下，就會到達黃金和翡翠蘊藏最豐富的地方。當然，那裡從來沒有人去過，只是淘金客聚在一起就會拿這個來閒嗑牙。

就會飛向天國。

抓住龍的尾巴，

就會變成龍。

飛過鬼的喉嚨，

這首古老又古老的歌謠，不斷地在當地流傳著。

鬼嚎瀑布下的河川一分為二，一個支流流向東，一個支流繼續向西流。相當壯觀的白色水花四濺而起，奔流於深長的峽谷之間。東支流和西支流，如同競爭對手般激烈地競賽著。沒多久，東支流和西支流便往南改變了方向，變成兩條平行的河流。奔流了幾公里後，又再

度合而為一。

如同長時間未相見的戀人般，這兩道支流在此處高興地結婚後，一同向前奔流。唱著歡喜的歌，奔流了大約三公里左右，就可以看到掛著好幾道彩虹的另一座瀑布。這個瀑布有著令人吃驚的奔流之聲。

這座被稱為「鬼子」的神秘瀑布是否真的存在，連這個國家的政府都不見得知道。不過就傳說而言，這個名字可也是家喻戶曉的。

總而言之，從這個夢幻的瀑布流下來這條稱為「鬼子川」的河流，實際上是存在的，這條河又寬又湍急，是鮭魚到大海的必經之路。在很久以前，鮭魚就是沿著鬼子川溯河而上，它不是人類的道路，因為河川的流速湍急，十分危險。但也是托此之福，至今才能成為鮭魚的產卵地。黃金和翡翠玉石才能靜靜地躺在乾淨的砂礫中，而不被熊和人類隨意糟蹋。這個桃花源應該可以繼續地安眠吧！而東西支流間，則形成了一個心型的島嶼。環繞這座島的不是海，而是河川

⋯⋯。

被高聳的懸崖及乳白色群山給包圍的島嶼，從以前就是個孤立的島。這裡只有鳥類棲息著。如果風向對的話，在島的附近能聽到鬼嚎瀑布和鬼子瀑布一起奔流落差的澎湃水聲，就像是大自然的立體音效。

兩旁瀑布的迴音在那時，就像巨人的脈搏一樣，可以聽得一清二楚。因此，這個島也被稱為「心臟」。

那傢伙乘著風飛過了這個島，他坐在石頭上聽到「心臟」的脈

動，想起了那個死去的學者的臉。他非常悲傷，一個人哭了起來。

他的背後是個陡峭的坡道，前方則是鬼子川的支流。頭上有兩隻金色的老鷹盤旋著，靜靜地、美麗地，就像一處無法言喻的寂寞之所。

在夕陽西下的黃昏美景前，不知道從哪裡來了一隻熊。雖然是熊，可跟一般在動物園裡看到的不一樣，是在人類眼前消失了好幾千年，住在洞穴裡的稀有種類。當然，這個心臟之島在地圖上是找不到的，而這個國家的人們也不知道這裡有洞穴熊的存在。

漸漸走近的是一隻公熊，讓人感覺十分可怕。熊用牠那雙瞇瞇眼盯著坐在坡道上的那傢伙，低聲悶吼著：

「你來做什麼？為什麼來？從懸崖上跌下來的嗎？」

此時，空中飛下一隻金色的老鷹，停在熊的眼前。熊舉起前腳向老鷹打招呼，牠足足有男人的兩倍高。牠「搭拉搭拉搭拉搭拉」地左右搖擺著問道：「喂！是金鷹嗎？」

「嗯！你好啊！烏爾斯。」

金鷹用黑琥珀色的眼睛看著熊。

「你打算做什麼？」

「這小子是從懸崖上跌下來的裸體熊嗎？這裡可是烏爾斯的王國。裸體熊可是不能來的唷！」

「喂！連我也不能來嗎？」金鷹冷淡地反問著。

熊想了一下說：「你們從以前就在這裡了，金鷹住在山頂，烏爾斯則住在山洞中。我都吃老鼠和兔子，而河川裡的鮭魚和鱒魚則大家平分，這是從以前就有的約定。裸體熊就不一樣了，讓給我吃吧！」

金色老鷹張開了翅膀，說道：「那小孩的確是隻裸體熊。但是，卻不是真正裸體的熊喔！那小孩看得見風……。他可是跟老鷹一樣從空中來的，這個男孩是乘著風來守護我們的，烏爾斯你這次就聽我的勸告吧，現在那孩子已經累了，讓他在這裡休息吧！我可是有責任的喔。」

熊一邊左右搖晃，一邊思考著：「好吧！看在你的份上，就放他一馬吧！」

金鷹聽到這個承諾，便舒展羽翼，展翅遨翔地飛走了。

烏爾斯王在山洞中的吼叫聲，迴響在心臟之島的山中。如同山洞中乾草被大火燃燒而倉皇逃出的老鼠般地，心臟山的洞穴中跑出了很多熊。

「集合！」烏爾斯吼叫著。

叩婁、叩婁，嘎拉、嘎拉……，遠遠地就聽到如同牢騷般的雷鳴，洞穴裡的熊漸漸地聚集了過來。

「啊！那是什麼？」

「不是裸體熊嗎？」

「裸體熊！是裸體熊的小孩啦！」

「什麼？從懸崖上跌下來的嗎，不管他會比較好喔！」

叩婁、叩婁，嘎拉、嘎拉……。

「安靜！」烏爾斯大吼。

「聽著！不可以殺掉這個裸體熊。他是飛翔空中的金鷹的朋友。雖然他看起來很虛弱、很討人厭，是個無毛的生物，不過這小子看得見風。或許這個命令會讓大家有些痛苦，那傢伙可不是單純的裸體熊。

為難，但這是國王的命令，烏爾斯王的命令。不服從的人，現在可以報上名來！」

這是熊的集會。反抗烏爾斯國王命令的人，就要和國王決鬥，勝者為王，輸的只有死路一條。

頭灰色鼻子的老熊說：「烏爾斯，我可以問這個孩子幾個問題嗎？」

「好，我同意！」

「喂，你都吃什麼？」

「嗯！最喜歡吃餅乾，還有燕麥粥加蜂蜜和牛奶，還有蘋果和草莓，奶油……。」

「等等，餅乾是什麼啊？用什麼做的？」

那傢伙想了一下，「嗯！我想餅乾是小麥粉和糖做成的吧！也加了一些發粉。啊！不對！不對！那是麵包。」

老熊再提出一個疑問：「那燕麥粥又是什麼呢？」

那傢伙又想了一下，「燕麥是從麥子碾過以後，從裡面拿出來的果實。我記得我還小的時候，我的奶奶都用石臼磨碎它，然後放在鍋

廣告回信

台北郵局登記證

台北廣字第1061號

高咏文化行銷事業有限公司　收

姓名：

地址：

高談文化讀者回函卡

◎ 為了跟讀者有更頻繁的互動，希望您費心填妥此張回函，
寄回給我們（免貼郵票），就能成為高談文化的VIP READER。
未來除了可以享受到購書優惠以外，還能早一步獲得高談的
新書資訊。

姓名：＿＿＿＿＿＿＿＿＿＿ □男 □女 生日：＿＿年＿＿月＿＿日

E-mail：＿＿＿＿＿＿＿＿＿＿＿＿＿ 職業：＿＿＿＿＿＿＿＿＿

電話：＿＿＿＿＿＿＿＿＿＿＿＿＿ 手機：＿＿＿＿＿＿＿＿＿

◆ 購買書名：＿＿＿＿＿＿＿＿＿＿＿＿＿＿＿＿＿＿＿＿

◆ 您從何處知道這本書＿＿＿＿＿＿＿＿＿＿＿＿＿＿＿＿

　　□書店＿＿＿＿＿＿＿＿ □網路或電子報 ＿＿＿＿＿＿

　　□廣告DM＿＿＿＿＿＿＿ □媒體新聞介紹 ＿＿＿＿＿＿

　　□其他＿＿＿＿＿＿＿＿

◆ 您通常以何種方式購書(可複選)：

　　□逛書店 □網路 □郵購 □信用卡傳真 □其他＿＿＿＿

◆ 您對本書的評價：(請填代號1.滿意 2.尚可 3.待改進)

　　□ 定價 □內容 □版面編排 □印刷 □整體評價

◆ 您的閱讀習慣：

　　□音樂 □建築 □設計 □戲劇 □歷史 □傳記 □小說 □散文 □旅遊

◆ 你是否曾經郵寄過我們的讀者回函　　□是 □否

1.姓名：＿＿＿＿＿＿＿＿ E-mail：＿＿＿＿＿＿＿＿＿＿

　地址：＿＿＿＿＿＿＿＿＿＿＿＿＿＿ 電話：＿＿＿＿＿

2.姓名：＿＿＿＿＿＿＿＿ E-mail：＿＿＿＿＿＿＿＿＿＿

　地址：＿＿＿＿＿＿＿＿＿＿＿＿＿＿ 電話：＿＿＿＿＿

◆ 您對本公司的建議：＿＿＿＿＿＿＿＿＿＿＿＿＿＿＿＿

　＿＿＿＿＿＿＿＿＿＿＿＿＿＿＿＿＿＿＿＿＿＿＿＿＿＿

　＿＿＿＿＿＿＿＿＿＿＿＿＿＿＿＿＿＿＿＿＿＿＿＿＿＿

　＿＿＿＿＿＿＿＿＿＿＿＿＿＿＿＿＿＿＿＿＿＿＿＿＿＿

裡細細熬煮。」

「吃肉嗎？」老熊的問題帶著嫌惡的語氣，那傢伙沉默以對。因為他至今已被罵了不下千百回的話，又重新回到腦海中：「盤子裡的東西要全部吃掉，沒吃完就不給你吃甜點。」

以前雖然一直被責罵，但是不能吃的無論如何還是無法下嚥。

「說話啊！」烏爾斯用可怕的聲音催道。

「我……討厭吃肉，因為很可憐。即使給我甜點吃，我還是不能吃肉。」這時，從熊群當中聽到了一聲又一聲的嘆息聲。

老熊說：「洞穴中的各位，根據我們的傳說，這種裸體熊在古代的確存在著，好像都吃蔬菜、樹的果實、根莖類、蜜蜂和魚。但就是不吃死去動物的肉。這種裸體熊和我們洞穴熊，很早以前是一起住在這個心臟山的。這小子一定是那種族的遺族。讓他加入我們吧！」

叩嘍、叩嘍、嘎拉、嘎拉……，熊之間開始討論了起來。然後，

烏爾斯王說：「還有其他問題嗎？」

胖母熊說：「讓他加入我們是無所謂啦！但是食物該從哪裡取得？我和我小孩的份已經沒有多餘的了。秋天一天還能分他一些樹

果，但現在不行喔！讓他留在這裡的話，真的會令人很困擾。」

「烏爾莎！妳真是貪吃，但我可以理解，有誰能分這小孩一些食物嗎？這傢伙還小，吃不了什麼的。」

聽到這裡，有隻母熊向前說道：「烏爾斯，我一個月前死了一個小孩，所以現在只剩一隻，沒有玩伴實在很寂寞，能將他給我嗎？」

「好！」

烏爾斯對那傢伙說：「小子，你好好聽著。這個烏爾莎將成為你的母親。從今天開始，你要好好聽媽媽的話，做個乖孩子。」

在熊的世界裡，只有二個名字：烏爾斯和烏爾莎。所有的公熊都叫烏爾斯，所有的母熊都叫烏爾莎。

「好吧！洞穴熊族的各位，我希望我們都能記住這個新加入孩子的味道。」然後，群熊一個一個過來聞過，並記住了孩子的味道。熊族裡是以味道來區分名字的。聞味道的儀式結束之後，那傢伙就跟著新媽媽爬上了山坡。小熊和那傢伙似乎很開心地互相推擠著。

飛在高空中的金鷹，親眼目睹了這一切。

第五章

那傢伙的新家，是心臟山南邊山坡上的一個洞穴。床舖是由柔軟而乾燥的青草和葉子舖成。他總是和小熊弟弟在一起，在熊阿姨溫暖的身旁睡覺。雖然洞穴總是讓人覺得有點害怕，但對那傢伙而言，這個熊之家真的就好像是自己的家。

烏爾莎是一位非常親切、也非常嚴厲的阿姨。

只要被她發現太接近山崖邊，或是危險洞穴的隧道，她就會發怒。連經過別隻熊的地盤時，她也會謹慎地教導大家要注意禮節。而且還指示，絕對不能靠近那片因為懸崖塌陷所形成的南向石坡。

但是，那傢伙在找尋石頭。一塊又大又平滑的石頭。好把被他破壞的黃鼠狼家的屋頂給修補好……。

那傢伙很介意他弄壞黃鼠狼家的屋頂這件事。雖然在其他地方，

平滑的石頭隨處可見。但他總是認為：這也是其他動物家的屋頂，或是螞蟻城的屋頂也說不定……。因此，他無法隨便地搬動石頭。

可是在懸崖的斜坡上，滿地都是石頭，全部都是。

那傢伙問熊阿姨說：

「阿姨，在那斜坡上是否住著什麼小動物，或是其他動物？」

一聽到這些話，熊阿姨生氣地答道：

「沒有，沒有任何動物住在那邊。只是，絕對不能靠近那兒！那邊有惡魔！」

「但是，阿姨妳剛才不是說沒有任何動物住在那邊嗎？」

「惡魔不是動物。很危險，絕對不能到那邊去。」

但是那傢伙沒有遵守約定，無論如何他也要去找大塊又平滑的石頭不可。趁著熊阿姨睡午覺的空檔，他偷偷摸摸地朝懸崖下面的斜坡走去。

「這樣的石頭好嗎？但顏色好像不太一樣。應該更硬一點的石頭才對⋯⋯。」

那傢伙在斜坡上翻找石頭所發生的聲音，就像是生氣的老婆婆在洗碗盤般的嘈雜聲，突然他聽到「噓—噓—」的聲音。

「小聲點！」

「吵死了！」

一條有著紅寶石般眼睛的蛇，正盯著小孩看著。又細又黑的舌頭，咻—咻—地伸吐著，身體像正常男生手腕般粗細。

長度約有二公尺以上，但因為蛇是盤在溫暖的岩石上，所以那傢

伙並不知道。蛇的表皮是黃、綠、黑三色相間的鋸齒狀圖案，被和煦的秋日豔陽照耀之下反射出金屬般的色澤。

「啊，真是漂亮！」那傢伙不自覺地說道。

蛇聽到了覺得很高興。因為不論是人類，或是別的動物，都認為蛇是邪惡的。

那傢伙問：「抱歉，我聽說這邊沒有動物住在這邊，所以……

……。」

「你剛才說我很漂亮吧！」

「嗯！這麼漂亮的圖案，我還是第一次看到呢。」

「你不覺得很恐怖嗎？」

蛇紅色的眼睛閃著耀眼的光芒。

「嗯！如果蛇不做壞事的話，倒不覺得怎樣，因為曾經聽烏鴉說過……。不過，真的很不好意思，打擾到您午睡……。」

「你在找些什麼呢？黃金嗎？這座山裡頭沒有黃金喔！」

「不是黃金啦！我在找石頭。大塊又平滑的石頭……可是，這邊的石頭顏色有些不一樣。我想找黑白相間、摻雜些許藍色和灰色，

散發著光亮的硬石頭。」

「那種石頭不在這座山裡。要往更北邊的山頭才找得到唷！這座山上只有石灰石和洞穴。還有很多古老很古老的回憶而已。」

當那傢伙想要問究竟是什麼樣的回憶之時，他聽見母熊的吼聲。

他連再見都來不及說，蛇就一溜煙地鑽到岩縫裡去。

「你快給我下來！」

那傢伙一下來，母熊便狠狠地朝他頭上敲了下去，並且豎起耳朵問道：

「你在那邊做什麼？在和誰在說話啊？」

「我在問蛇有關石頭的事情啊。」

「太可怕了！你說你和惡魔說話？呀！真是可怕！如果這件事被其他的熊知道，你會被別人從懸崖上丟下去的！下次不可以再到這邊來了！再和惡魔說話，你也會變成惡魔的。知道嗎？」

母熊一副震驚訝異的模樣。然後火大地吼著：

「好……。」

但是蛇身上美麗的圖案及寶石般的雙眼，讓那傢伙無法忘懷。

隔天，那傢伙問了年紀大一點的老熊。那是在河流淺水處學習捕魚技巧的時候。

熊的捕魚技術真的很高超，人類捕魚還得靠魚網、長槍或是吊鉤，但是熊用手來捕魚。那傢伙是個率真的孩子，照著長輩的指示，很快地就學會了。

熊伯伯和那傢伙已經捕到許多鱒魚，坐在涼爽的草地上休息。

那傢伙想到昨天發生的事情，就馬上問：

「熊伯伯，蛇到底有多壞啊？」

老熊用雄厚、低沈的聲音牟吼著說：

「蛇也是生物，本性並不壞。在這心臟山上，曾經也有將蛇奉為神祇的時代，也有關於這些事情的傳說。」

「神？神祇？蛇嗎？為什麼呢？」

「蛇為何成為神祇，我並不清楚。將蛇奉為神祇的，並不是我們，而是裸熊這一族。……我們為什麼會厭惡裸熊族，你不知道吧？」

「嗯！」

「過去，我們曾和裸體熊族很要好。一起在心臟山這帶過生活。他們和我們一樣都住在洞穴裡，是愉快的好夥伴。每到夏天，就會在月亮下伴隨著太鼓聲及笛音，一邊唱歌、一邊跳舞。他們稱我們為『兄弟』，這是他們表示敬意的方式。」

熊伯伯說到這兒，又吼了一聲，隨後繼續說道：

「但是有一天，突然來了另一群裸體熊。當時心臟山和對面那片土地之間，有一座連接的渾然天成的石橋。住在心臟山的動物們，很久以前都是靠石橋維生。但那座橋的年齡和山一樣久遠，所以非常危險。不但狹窄，而且石橋每天都會有石塊脫落，是一座連老鼠都會害怕的橋。

有一天，那群裸熊到了心臟山挑釁地問我們：『這座山是誰的啊？』，這種蠢問題！一聽到火雞般的尖銳呼嘯聲，裸體熊就會拋開手邊的工作及玩樂，相繼從洞穴或山谷來到石橋前聚集。不管是二隻腳的和四隻腳的，全都擠在一起，和外地來的裸體熊互相對望著。

外來的裸體熊站立的石橋下方，是個陽光照不到的斷崖，下面有

著湍急的河流。站在石橋中央的金毛外來熊，對著我們這群裸體熊族裡頭肩膀最寬的公熊，驚訝地問說：『什麼呀！是你們在飼養熊族嗎？』說完後就無禮地捧腹大笑。

流著眼淚的裸體熊族酋長，這樣回答著：『不，不是這樣的，沒這回事兒。正好相反，是熊族在飼養我們』。聽到這裡，大家又開始哈哈大笑起來。

外地來的勇士熊憤怒了起來，一時陷入了沈默。那些公熊手裡都握著又長又粗的棍棒。棒子的前端是由削尖的打火石，或銳利的青銅器所做成的。那是什麼器具，這片土地上的裸體熊族並不清楚，還以為是挖掘深根之類的工具。

『我們經過長途跋涉來到這兒。這兒就讓給我們住吧。』那些傢伙如此說道。從那天開始，兩群不同種類的裸體熊族，就和我們一起在這山上定居了下來。」

「剛開始的裸體熊族是什麼樣的動物呢？」那傢伙問道。

「是什麼樣的啊……。個子很矮，毛髮是黑色的，眼睛也是黑的，前額狹窄。雖然不像熊族那樣強壯，但是也比後來的那群傢伙強

壯。叫做什麼『洞窟族』吧。」

「那後來才到的裸體熊族，又是什麼樣的動物呢？」

熊伯伯又吼了一聲……

「是一群討人厭的傢伙。乍看之下長得比原先的裸體熊們還好看……。個頭在裸體熊族裡算是高大的。毛髮的顏色種類繁多，但是金色占了大多數。公熊的腰際及肩上，披著死去動物的皮毛，腰際還佩帶著青銅劍，手裡握著那種奇怪的棒狀物，胸前還有刺青……，母熊搬著籃子。如果我們知道那籃子裡裝的是什麼東西，我們絕不會讓他們渡過橋到這裡來。他們有個什麼『黃金龍之子民』的稱號，他們都是這樣稱呼自己的。」

「那籃子裡頭裝著什麼呢？」

「就是蛇。」

黃金龍的子民視蛇為神祇，他們相信，飛行在天空的大蛇——也就是龍——是大神，而蛇，就是大神的小孩。

這時母熊的聲音出現了。

「真是抱歉，熊伯伯。這小孩總有許許多多的疑問……，還請您

「見諒。」

「不，不，我並不介意。儘量問啊！」

老熊叼走了三條魚。

「�0昏，剩下的三條是你的。熊阿姨和小弟弟一起分吧！」

「熊伯伯，謝謝您。下次再繼續聊今天的話題喔！」

「好啊，如果我明天還會來的話。小弟弟你也是啊！」

那傢伙手中握著三條銀色的魚，跟在母熊的後頭回家。

隔天，那傢伙再次來到熊伯伯的家裡，熊弟弟奔跑似地跟在後頭。

清晨的露水讓那傢伙的兩隻赤腳感覺冰涼舒暢。

熊弟弟與其說是來聽故事的，倒不如說他比較喜歡到處亂晃。對熊弟弟而言，要他老老實實地坐著，聽熊伯伯長時間地聊著以前的故事，是不可能的事。

才過了五分鐘，牠便站起來開始活動。

「喂，我們來玩摔角。」

那傢伙生氣地說道：

看得見風的男孩

64

「請你自個兒去玩。我要繼續聽烏爾斯說『黃金龍之子民』的故事。」

總之那傢伙從以前開始，就是個喜歡聽人說話的小孩。

「熊伯伯，請繼續說故事吧！說說黃金龍的子民和蛇之間的故事。他們過石橋之後，又發生了什麼事呢？」

熊伯伯沈重緩慢地坐下來後，便開始說故事。

「稱為黃金龍之子民的裸體熊族，大搖大擺地渡過石橋進入心臟山。同時母熊搬運著許多大型的籃子，雖然那些籃子都有蓋子，但是裡面的蛇仍然沙沙地作響。黃金龍的子民對蛇可是非常地謹慎而尊重。認為蛇是『大神龍的小孩』，總是對牠們噓寒問暖的。」

那傢伙聽到這裡非常驚訝。因為除了自己，目前還沒有遇到過能和人類以外的生物交談的人類。

「黃金龍的子民懂得蛇的語言嗎？」

「不、不，沒這回事兒。瞭解惡魔語言的人，就會變成惡魔了。那些傢伙只是把彼此腐敗的欲望告訴蛇，大家只是敬畏、順從著蛇而己。」

「但是，蛇有這麼可惡嗎？蛇也只不過就是努力地過日子而已，不是嗎？」

「你不瞭解。是好、是壞不是問題。爬蟲類的血是冰冷的，他們沒有母乳。如何？他們本來就是比哺乳類還要古老的生物。這地球在很早很早以前，曾是爬蟲類及昆蟲類的世界。後來，爬蟲類稱了王。但是，因為我們哺乳類來了，爬蟲類就輸了。應該說是輸給哺乳類及嚴寒才對，這和爬蟲類及昆蟲類心裡沒有感情有關係。如果牠們有感情，也不會只憎恨蛇類了。」

「為什麼呢？」

「因為若對蛇還有感情，昆蟲們就會憎恨我們。有感情的話，就會將憎恨轉化成戰爭。若是能光明正大的打一仗，它們一定會輸，然後全部滅亡。」

那傢伙想了一會兒，不想點出熊伯伯錯誤的地方來。但是一想到自己也曾和螞蟻啊、蜜蜂啊、青蛙等許許多多的爬蟲類及昆蟲類說過話，總覺得這種說法和事實有些出入。不能說是完全沒有感情吧？

事實上，螞蟻在城塌時，也很憤怒、害怕，也很焦急。

青蛙也是一樣。

在蝌蚪長出四隻腳，健壯到可以活蹦亂跳時，還不是第一次就哼唱起歌謠來。青蛙不也是知道何謂歡喜的動物嗎？

但是，那傢伙什麼也沒有說。

「怎樣才能和蛇交談呢？明明就不懂蛇的語言……。」

「當時有四個『神官』。兩個男生，兩個女生。想和蛇交談的話，神官會舉行儀式。儀式是將黃金龍的子民們全都集合在一個大洞窟內，圍成一個圓圈。圈圈外圍燃燒著八盞爐火。內圍則是一邊敲著太鼓，一邊誦經。洞窟內就像地獄一樣，瀰漫著煙霧、煙火，縈繞著太鼓及誦經聲。映照在岩壁上的影子，就好像在伴隨著搖曳的火光起舞……。

熊族及之前的洞窟族朋友，都很害怕那種儀式。洞窟族從很久以前就禁止在心臟山使用火這種可怕的東西。……黃金龍之子民初次在心臟山上用火時，曾針對這個問題和洞窟族大吵一架，甚至就快要互毆起來。那些傢伙和洞窟族雖然都不善於吵架，但是體格卻很強

壯。」

「吵贏了嗎？」

「沒有，不分勝負。但是在那場爭吵之後，他們就不在外頭升火。黃金龍的子民們，只在自己的洞窟中升火。即便如此，那種『喚蛇儀式』仍然令人感到害怕。從外頭看起來，黃金龍子民的洞窟入口，就像是龍的嘴巴。火光、火花、煙霧、還有圈圈內的太鼓及誦經聲，喝喝喝喝的響著。咚卡、咚卡、咚卡、叩婁、叩婁、咚卡、叩婁、叩婁、嗚卡、嗚卡、嗚卡、呐、呐、呐、呐……。

熊伯伯才開始模仿從龍嘴裡傳出來的聲音，那傢伙就漸漸開始失神。

咚卡、咚卡、咚卡、叩婁、叩婁、叩婁、叩婁、嗚卡、嗚卡、嗚卡、呐、呐、呐……。

那傢伙的身體雖然還坐在熊伯伯的旁邊聽著故事，但是他的靈魂卻被黃金龍子民的傳說所牽引，回到很久之前的心臟山。千迴百轉，太陽及月亮逆轉，那傢伙的靈魂回溯到好幾個世代之前，進入一個裸體熊族男子的體內。

夜晚，一個男子站立在黃金龍子民的洞窟外。涼爽的風吹了過來，但卻聽不見清澈的貓頭鷹叫聲。今夜只聽得見洞中的龍叫聲。

咚卡、咚卡、咚卡⋯⋯。

從洞窟的入口處，冒出染紅了的煙霧。

「真是可怕啊⋯⋯。」

但是，無論如何也要進去一窺洞內究竟。

那些傢伙們都在做些什麼事呢？

少年匍匐在地面上，慢吞吞地朝著洞窟可怕的入口處前進。

雖然很恐怖，但不管怎樣還是要一窺洞內的情況不可⋯⋯。

洞窟中傳來震耳欲聾的聲音，陣陣的煙燻得眼淚直流，他嗅到了黃金龍子民的獨特氣息。因為黃金龍子民食用腐壞的東西，或是死去動物、鳥類的腐肉，所以和洞窟族的氣息並不相同。

有著男孩靈魂的男子從洞窟的後方潛入，攀到岩石突起的上方處，在陰影的掩護下，偷窺著黃金龍子民的「喚蛇儀式」。

中央有五十位男子隔著一定的距離圍成一個圓形坐著，一邊晃著

身體。內圈正在拍打太鼓。而男女老少全都在外圍唸誦著經文。最外圍有八盞爐火霹靂啪啦地燃燒著，熊熊的火花直達洞窟的頂端。

儀式在圓圈的正中間放著一個大型的籃子，籃子周圍的東、西、南、北方，還有四方位的對角之間，放著被切成小塊的山羊皮，上面寫著一些符號。

那有什麼意義呢？

一個男「神官」站了起來，大聲喊著：

「龍的孩子，神的孩子！遵循著神龍之道呀！」

然後，全體同時高呼：

「遵循著神龍之道！」

那呼喊的聲音如雷貫耳，讓少年覺得更恐怖。

「龍的孩子很虛弱。神呀！請賜予我們神力吧！」

「請賜予我們神力吧！」

「神啊！請賜予我們營養吧！」

「請賜予我們營養吧！」

「神啊！請賜予我們肉類吧！」

「請賜予我們肉類吧！」

「請把敵人的力量賜予我們神龍的孩子吧！」

「敵人的力量，是屬於我們的！」

「敵人的靈魂，是屬於我們的！」

「敵人的心臟，是屬於我們的！」

「敵人的身體，是屬於我們的！」

「敵人的肌肉，是屬於我們的！」

「祈求神的指示！」

神官一呼喊著那些話，太鼓的聲音、誦經的聲音就會停下來，只聽得見爐火燃燒的聲音。

然後四個神官坐在籃子周圍的四個方位上，吹起了竹製的橫笛。那是一種奇怪的聲音，如風般哀號著，又好似小動物臨死前痛苦的悲鳴，令人厭惡。洞窟中迴響著那種高亢的聲音，讓隱藏在岩石陰影處的少年起了雞皮疙瘩。

幾分鐘過後，籃中一條巨大、可怕又美麗的蛇爬了出來。舌頭一邊敏捷的伸吐著，頭部一邊前後擺動。靜悄悄、靜悄悄地，內側的太

鼓聲又開始奏響。

蛇迅速地咬住放在北邊方位的山羊皮。黃金龍的子民叫喊著：

「是南邊的記號，是南邊！有戰爭！萬歲！」

對出生在北方的黃金龍的子民而言，即將有戰爭。

經歷了猶如臨死般恐怖的少年，悄悄地從洞窟裡爬了出來，在黑暗中逃逸不見。

那傢伙回神時，熊伯伯仍繼續說著故事。小河清澈的流水聲和老熊低沈的聲音，協調地搭配在一起。

「喂，你在聽嗎？」

「嗯。」

那傢伙接著問道：

「然後⋯⋯戰爭是何時開始的呢？」

聽到這個疑問，熊伯伯嚇了一跳。因為戰爭的事情到目前還沒提到。

「什麼？你怎麼會知道這件事呢？該不會是從蛇那裡聽來的吧？」

那傢伙搖搖頭⋯

「不是，只不過是有這種感覺而已。」

熊伯伯站了起來，「跟我來！」那傢伙緊追在後。熊弟弟已經不見了，應該是先回家了吧。那傢伙獨自死命地跟在體形碩大的熊伯伯後頭。

他們來到了一個極盡荒涼的地方。乾枯的雜草被風吹得沙沙作響。在那邊連一隻昆蟲、小鳥、甚至是小動物什麼的，都沒有。

「互相殘殺就是在這邊開始的。這個地方長久以來都令我們厭惡著。」

那傢伙抖了一下身子。

乾枯的雜草好像要說些什麼話的樣子⋯

地面有處凹陷的地方。那傢伙看到在那邊好像有什麼影子在晃動的感覺。寒氣逼人，不禁直打哆嗦。

「那裡，我們族裡的一位烏爾莎被裸體熊族殺害。」

那傢伙的眼睛突然泛起了淚光。

「真是個令人討厭的地方，熊伯伯，求求您，我們回去吧！」

熊伯伯的聲音變得柔和了許多，

「好吧，我知道了。你也累了，爬到我的背上吧！」

靠在熊伯伯寬大溫暖的背上，那傢伙回到了熊阿姨的家。

第六章

那天夜晚，那傢伙怎麼樣也睡不著。身旁是呼嚕呼嚕的打鼾聲，睡著熊阿姨及熊弟弟。那傢伙睡在熊阿姨身旁，聽了一會兒打鼾聲之後，便起身朝外走出去。

天鵝絨般的天空閃耀著銀色的月光，一點風也沒有，可以清楚地聽見遠處鬼嚎瀑布的流水聲，那傢伙向散發著寒氣的窪地走去。在無意識的情況下，那傢伙一邊走著，一邊回溯到幾千年以前。

一回神，那傢伙發現自己不再是原來的身體，他有著強健的手腕及前胸刺著的藍色圖案，腰際及肩膀纏繞著山貓的皮革，腰上還繫著粗大的鞣皮帶。鞣皮帶上還鑲著銀色的帶扣及青銅的短刀，而肩膀上的毛皮披風上，則鑲著蛇形的帶扣。

頭髮是金色的，編成二條長辮子，脖子上還掛著山豬獠牙的項

鍊。右手持著長槍，長槍前端是用打火石製成的。在這個時代，青銅是一種非常罕見的物品，只能用在製成短刀。

「喂，那比克。別老是站在那兒發呆，工作，工作！」

黃金龍的男性們正在挖掘一個大型的洞穴，那傢伙附在一位叫做那比克的年輕人的體內。是如何附身的，那傢伙自己也不清楚。但可以確定的是，他又再度回到很久很久以前的心臟山了。

「喂，那比克，幫我一下吧？」

不知道是什麼原因，那傢伙也懂得黃金龍子民的語言。原來這和那傢伙的國家使用的語言有點相似。只是這是更加滄桑的「喉頭語言」。

「很煩耶，知道了啦！」

叫做那比克的年輕人跳進深邃的洞穴裡，抓起木製的鏟子，開始工作起來。

過了不久，來了四名洞窟族的男人。一群人雖然都是個頭小又長得醜，但是肩膀夠寬，胸部及手腕的肌肉都比黃金龍的子民來得強壯，他們的頭髮是黑色的，額頭較窄。其中一個人手上抓著許多魚

獲，大家手上都握著著捕魚的長槍。

「喂，猿猴們來了唷。」

黃金龍的其中一人這麼說道。

「你們在做什麼？」洞窟族問道。

「你們在做什麼？」

黃金龍的男性學那種腔調反問對方，大伙笑了出來。在那比克體內的那傢伙雖然也不由自主地笑了起來，但是內心卻感到厭惡。

洞窟族雖然沒有黃金龍子民般長得英俊，但是臉龐卻讓人感到溫柔。

「你們在做什麼？」

洞窟族又再問了一遍。

「真是頑固啊！我們正在挖洞。你們難道看不出來嗎？」

「為什麼要挖掘洞穴呢？」

黃金龍的男子們聽到這個疑問後，再度笑了出來。

一位黃金龍的子民說道：

「好啦，我們也想要捕魚啊。但是我們討厭像你們那樣長時間地

站在冷冰冰的水中，拿著長槍捕魚，所以我們是在做魚網啦！」

「魚網？」

「對啊，魚網。魚網怎麼做你們知道嗎？用長繩把洞穴全都綁在一起。知道嗎？為了做魚網必須要有洞穴。所以我們正在挖洞穴啊。把那些小洞挖好之後再切割成小洞，然後就會變成許許多多的小洞穴。知道了嗎？很簡單吧？」

洞穴用繩子綁在一起，就是魚網了。知道了嗎？很簡單吧？」

黃金龍子民嘲弄著洞窟族人的作嘔笑聲迴響著。洞窟族人依舊發著愣。

三天過去了，一位洞窟族人經過同一地點，卻發現黃金龍子民挖的洞穴不見了，什麼也沒有。男子很驚訝，正想靠近一點看時，一位黃金龍子民卻突然從岩石陰影處跑了出來。

「別動！」

他兩手持槍站在道路中央。

「洞穴不見了，……怎麼會這樣？」

黃金龍的男子笑著答道：

「洞穴全部都使用過了啊。你們若是想要洞穴，就要自己挖。總

看得見風的男孩

78

之這裡很危險，不要經過這條路。」

「為什麼？我們族人、熊族人一直會經過這條路啊。」

「因為蛇逃到這附近了，所以這兒很危險。改走別條路吧！」

那當然是個謊言。

次日稍早，有隻母熊掉入黃金龍子民的洞穴之中。深邃的洞穴用樹枝及雜草掩蓋著，洞穴底部還有好幾根前端削尖的棒子。

母熊臨死前痛苦的哀嚎聲，使洞窟族人著急地趕來一探究竟。幾個人下到洞穴裡看到了母熊的慘狀，一個人托著母熊的頭，流著淚試圖安撫著母熊。其他的公熊抬起母熊笨重的身體，拔出尖銳的木棒。

母熊的血讓地面也染成了鮮紅色。

「快點拿水來！」

大家先幫她清洗傷口，再用蜘蛛網及草藥包紮後，仍然無效，母熊還是死了。

大家全都哭了起來的這時，一位洞窟族的阿姨以冰冷的口吻說道：

「母熊腹中懷有小孩，若不早點剖腹，連小孩都會死掉，⋯⋯大

家快點！」

洞窟族馬上剖開母熊的肚子，發現了兩隻小熊，但是只有一隻存活下來。

就在幫那頭小熊身上蓋上柔軟的雜草之時，黃金龍的子民過來了。

「不要搶走我們的肉。」

洞窟族一聽到這種話，立刻勃然大怒。一隻公熊抓住一名黃金龍族的年輕人，扭斷了他的脖子。黃金龍子民見狀尖叫了起來。

「這個畜生殺了熊！將懷孕的母熊殺死了！殺啊！殺了他！」

黃金龍族人手持銳利的短刀及長槍朝這邊進逼，一開始時卻不敵洞窟族人的怒氣及力量，而逃回了自己的洞窟裡。洞窟族人則在後面以石塊追打著，殺了好幾位黃金龍族人。

這時洞窟族人的後方卻出現了六位年輕男子，全部手持弓箭，其中一人就是那比克。

「停止！若不再停止的話我就殺人了！」

但洞窟族人沒看過弓箭這種武器，一位彪形大漢仍在喊著：

「殺光所有的黃金龍子民！」

那比克一聽到那句話，不由地射出了箭，正中那位彪形大漢的胸口。

應該會很痛才對，但大漢卻輕蔑地笑了出來，把箭拔起來扔到一旁。

「什麼啊，這種東西。一點也不可怕。出來啊！殺人兇手！」

繼續這樣叫囂的大漢突然間臉色發青，邁了一步後就全身僵硬，再走一步就倒在地上。因為箭的前端塗了烏毒草的劇毒。

洞窟族的先鋒──彪形大漢當場死亡。

其他五名男子也分別射出了毒箭，洞窟族人又死了五個人。不會敗給青銅製短刀及長槍的洞窟族，終究不敵沾著劇毒的弓箭，一群人只好先停戰逃走。

那比克成了那天的英雄。但是在那比克體內的那傢伙，卻只想早日離開這個身體。

在那天雖然發生了許多令人悲傷的事情，但災難卻還沒有結束。

熊族們聚集在母熊的屍體旁邊。

「這種可怕的事情到底是誰幹的？」

正當熊族們悲傷之際，來了一位洞窟族人。

「剖開這熊肚子的人是我，牠當時已氣絕身亡，不過小熊卻平安無事……。」這位洞窟族說到一半，一頭烏爾斯突然大吼一聲衝了過去，把那位勇敢而善良的洞窟族給殺了。

從那天起，洞窟族和熊族幾千年來的友誼宣告終止。

那傢伙無法脫離那比克的身體。那天晚上他和同伴們一同去搶熊族的屍體，把皮剝下，把肉帶回洞窟。

過來的熊肉插在長槍的前端，用火燒烤來吃。那比克也爲這厚實的烤肉香味而垂涎三尺。

黃金龍的子民們在洞窟中，和著內圈的太鼓及橫笛跳著舞，把傳洞窟的入口有盆大型的爐火，是爲了防止熊族及洞窟族的入侵。

「那比克，吃啊！很久沒有吃到了吧？吃肉耶，吃啊！」

那比克突然對接過剛烤好的燒肉顯得有些恐懼及遲疑。

「我……我不需要。」

其他的人都驚訝地看著那比克，心想那比克該不會是瘋了吧。但是不管怎麼勸說，那比克就是不吃熊肉。

神官於是說道：

「今後戰爭會變得更加激烈。只要有一個膽小鬼存在，黃金龍的子民就會滅亡。那比克！你不吃肉的話，就是背離神道，你將會一個人迷失方向。這樣好嗎？」

這時候，那比克忽然發出了小孩的聲音：

「黃金龍的子民！這不是正道也非神道，什麼都不是。不可以殘殺熊族或是人類，你們將來一定會遭受報應的。」

「把他給我抓起來！」

神官馬上下令將那比克抓起來，另外一位神官搬來了裝有大蛇的籃子，黃金龍子民的審判，總是仰仗蛇來下決定。

「掀開蓋子，把手放進去。」

男人們放開那比克，將長槍指向他。逃跑根本想都不要想。但那比克十分鎮靜，掀開蓋子後就和蛇四眼相望。他微笑著將手伸進籃子，蛇像是懂得他的心思，又或者是受到了驚嚇，當場咬住了那比克的手。幾分鐘之後，那比克的身體逐漸變冷，漸漸地失去了意識。漸漸地…漸漸地…漸漸地…死去。

東方的天空即將破曉，或許覺得冷，那傢伙一邊搓著發癢的雙手，同時伸了伸懶腰。身旁有小小的聲音傳來。

「你已經知道了吧！人類會從這座山消失，但不是我的錯。你也注意到了，熊這種動物性情急躁，你的體內有著黃金龍子民及洞窟族人兩方的基因……。」

有條蛇在那傢伙的身旁說著話。那傢伙點了點頭說：

「好像有點瞭解，又有點不懂。」

「再過不久你就會懂的。請你早點回去吧，天要亮了，熊阿姨醒來時發現你人不在就糟了。快點走吧！」

那傢伙悄悄地回到熊阿姨及熊弟弟的身邊。他蜷曲在熊阿姨溫暖的肚皮旁睡得很熟。什麼夢也沒有作，一直熟睡到中午。

那比克死後的事情，那傢伙大概都知道了。之後發生的事他也都清楚地記得。但這場景對幼小的他而言，實在是有些可怕。

隔天，那傢伙再度去探望熊伯伯。

「熊伯伯，請再說此黃金龍子民的故事給我聽。」

「你怎麼了？表情怎麼那麼悲傷……。」

「我……可怕的事……。」

「做夢夢到的嗎？」

那不是夢。但是不是夢，又有什麼不同呢？

那傢伙無法說清楚。

熊伯伯不疾不徐地又說起黃金龍子民的故事：

「洞窟族敗在黃金龍子民的毒箭，下場實在是淒慘無比。熊族人因為受到鳥爾莎遇害事件的影響，一直誤會著洞窟族人，不願意去幫他們。後來黃金龍子民也設下圈套，或使用著毒箭殺害熊族，以吃熊肉大餐為樂。黃金龍子民的人數也就越來越多……。」

熊伯伯在說故事時，那傢伙始終像岩石般站著，望著洞窟的某處崖壁發楞。

到了冬天，則穿著用熊毛皮製成的外套。

女性及小孩則淪為奴隸，男性後來全都被殺害了，年輕

熊伯伯見狀生氣地「啪」地一聲，打落了眼前飛過的蜜蜂……

「喂！你到底有沒有在聽啊？喂！」

那傢伙有在聽。不光是聽，還一直看著，睜大眼睛看著……。

接著，自個兒小聲地喃喃地道：

「啊……不會吧！頭蓋骨！有大的也有小的。用削尖的棍棒插著！並列在洞窟外圍，滿滿都是！」

那傢伙看見黃金龍子民洞窟外，排列著熊族與洞窟族頭骨的可怕景象。插在木棒上的頭骨，雖然全都裝飾著花朵，但花朵散發著腐敗、奇怪的臭味，而且四周飛舞著嗡嗡作響的蒼蠅。

那傢伙衝擊過大，無法承受地醒了過來，害怕得將頭埋入草叢哭了起來。

熊伯伯沈默了下來，看著那傢伙那樣子。

「你好像真的是熊族的人，竟然可以夢到我們族人可怕的惡夢。向這場夢**魘挑戰吧**！不然的話這樣子你就可以成為出色的烏爾斯了。

……你夢見過最後的那場戰役嗎？」

那傢伙沈默地搖搖頭。

「這樣啊。你必須把這故事聽到最後。要聽嗎？」

那傢伙點點頭。

熊伯伯重新坐下來，把那傢伙抱在膝上，又開始說起了故事。

「黃金龍子民為了防禦，全都住在一個大洞窟，我們熊族從那時開始，和兩方的裸體熊族，交情日益惡化，變得彼此互相殘殺。慚愧的是，熊族也有人曾經吃過敵人的肉，這些狀況無論如何都必須徹底解決不可。每個月都有一頭或是兩頭熊族被殺，熊族則吃裸體熊族的肉……，那真是個悲慘的時代。白天絕對不能接近裸體熊族出沒的地方，只要一接近，那群傢伙就會射箭，一旦被箭射到，就會受傷。那傷口雖然大多不痛不癢，但不論傷口多麼小，都非常可怕，有可能立刻會死。」

「是毒藥……。事先在箭尖上塗了毒藥吧。」

「就是這樣。白天因為毒箭都無法靠近。晚上則因為他們在洞口生火，也沒辦法接近。那群人不知為何，還養著一頭熊。熊小的時候還很受疼愛，但過了一年之後長得相當大，那群人就開始虐待牠，要牠跳舞之類的。那隻熊一直很討厭裸體熊族。有一天那隻熊逃了出來，向別的熊透露了一個秘密：『黃金龍子民的洞裡有後門，那地下道的入口被屋頂掉落的石頭堵住，只要搬開石頭，就會看到一個僅容大熊通過的入口。』」

當天夜晚，十頭強壯的熊從後門處攻進黃金龍子民的洞窟，那是場可怕的虐殺行動。裸體熊族的武器雖然很厲害，但只要一失去武器就只是個弱者。當晚他們連拿武器的時間都沒有，不用幾分鐘，黃金龍子民的男人全被殺死。殘存的女人及小孩隔天全都被扔下懸崖。

仔細想想還真是可憐，但這也沒有辦法。戰爭之後，熊族就毀了石橋，在你來到這裡之前，沒有一頭裸體熊族能夠進來心臟山。」

說完了故事，熊伯伯嘆了一口氣。接著那傢伙問道：

「那蛇怎麼樣了？」

「蛇？那個惡魔在黑暗中逃掉了。至今牠仍在心臟山裡，會讓人想起黃金龍子民的，就只有蛇了。過去黃金龍子民所住的洞窟已經被石頭堵住，誰也沒辦法靠近……。」

「但還有其他裸體熊族的奴隸吧？那些人究竟怎麼了？」

「全都被丟下懸崖了，他們都是被黃金龍子民所飼養的熊族。」

「為什麼？他們難道不可憐嗎？」

「因為牠們沾染到黃金龍子民氣息的關係。我們對味道很敏感，只要有討厭的是熊的話，就應該很清楚這件事。就算是自己的小孩，只要有討厭的

味道，也要殺掉。這就是我們的本能啊！」

熊伯伯用溫和且渾厚的聲音說道：

「故事就到這裡結束了。」

那傢伙忽然意識到必須離開心臟山了。

但在此之前，必須先找到一塊石頭。一塊有桌子般大小，平滑的

石頭……。

第七章

那傢伙從心臟山的這頭找到那頭，卻都無法找到理想的石頭。

那傢伙在山的周邊都找不到，於是心想深處裡會不會有，便決定去洞窟裡頭探險。

但洞窟入口已經被石塊及沙土堵住了。那個洞窟，就是昔日黃金龍子民的洞穴。

那傢伙想起那比克當時的遭遇，無論如何都想進去一窺究竟。他雖然知道有後門，但卻不清楚後門到底在哪裡。

那傢伙才站在洞窟前揣想著，蛇就過來了。

「想進去看嗎？」

「嗯。」

「那麼，我告訴你地下道在哪裡。跟我來。」

那傢伙緊跟著蛇走了差不多有一公里路。

到了一座桃樹林，蛇就停了下來。

「請生火吧！因為裡頭很暗。或許以人類來說，你的鼻子算是靈敏的，但卻不如熊族般靈敏……。」

「火？但是我沒帶火柴啊。我沒辦法生火。」

「笨孩子。瞧，那棵樹下有打火石吧？用乾燥的雜草就可以生火了。」

用打火石生火蠻困難的。儘管如此，那傢伙還是設法生起了火，做了一支火把。

洞窟的後門在樹林中，雖然洞穴很小，但只要走進去，裡頭大概有一個大人可以站立的高度。那傢伙藉著火把的光亮走進了隧道。

在漆黑中走了一會兒，到了一個很大的廣場。他腦海中浮現出很久之前黃金龍子民在這裡舉行儀式的樣子，耳朵彷彿還可以聽得到太鼓的節奏響聲。

但現在這洞窟裡，只有那傢伙、蛇及蝙蝠而已。洞窟的地上散著幾十副人骨。

那傢伙好像蹲下去撿起了什麼。

原來是一把漂亮的青銅短刀。他將短刀插在自己的皮帶上。

「請舉高火把，有個東西想讓你看看。」

蛇這麼說著。

那傢伙舉高火把，看到了岩壁上的圖畫，因為光影而呈現出立體的浮雕。

……

獅子、犀牛、鹿、羚羊、熊、大象、長頸鹿、野生的牛和馬……

許許多多的動物圖案，就畫在石壁上。眾多的動物中也有人類，上面畫著人類邊跑邊投擲長槍的模樣……。

「這個國家以前有許多這類動物，現在幾乎都不見了。畫這壁畫的人種也不在這世上了。」

「這是黃金龍子民畫的嗎？」

「不，才不是。是比黃金龍子民還要早幾萬年前的人類畫的。請仔細看這些畫。」

那傢伙爬上岩石，凝視著壁畫。

「這人類還真是小啊，就像侏儒一樣。這畫的也不是洞窟族吧。」

「對，是比洞窟族還更古老的人類。你以後會繼續旅行吧？當別人驕傲地述說著自己的功績時，請你記得這幅畫。無論是怎樣的文明，最後都會滅亡。無論是多麼了不起的人，也都會在其中消逝。人類創造出的神祇，終將回歸大地。雖然你懂得昆蟲、鳥類、蛇類的語言，比普通人類還要聰明，但是你知道的還是不夠多。」

「那要怎麼做才好呢？」

「繼續旅行，然後請偶爾聽聽山所說的話。你要找石頭，如果問山的意見，他一定會告訴你的。」

「現在可以問嗎？」

「好啊！」

那傢伙對著山，開始詢問像桌子般大，且平滑的石頭的事。

不久洞穴中吹來微微的一陣風，火把的火光因而搖曳著。

「沒有……沒有……沒有……。」

山低聲私語地答道。

「若不在這座山裡，那哪裡會有呢？」

那傢伙的聲音才在洞穴中迴盪著，又吹來一陣微風。

「更久……更久……更久……更遠……更遠……更遠……。」

那傢伙點頭。

「我知道了，非常感謝。這座山因為是石灰岩地形，所以歷史其實並不悠久。那麼古老的石頭在那裡呢？」

蛇回答說：

「在北方！天氣好的時候可以看到遠方被雪所覆蓋的山脈吧！那座山是由花崗岩形成的。你要找的石頭一定在那裡沒錯！去那邊找找看。」

「蛇先生您怎麼這麼瞭解那座山的事情……。」

蛇暗自竊笑著：

「黃金龍的子民就是從對面那座山來到這裡的呀！」

那傢伙沈默了一下。

「蛇先生，再問您一個問題好嗎？」

「什麼問題？」

「很久以前的喚蛇儀式中，蛇為什麼會選擇南邊呢？黃金龍子民就是因為這原因才會發動戰爭的，對吧？」

「那件事情和我們沒有關係。山羊皮上因為塗滿了兔血及膽囊發出了香味，我們才會朝那邊走過去。只是這樣罷了。戰爭其實和我們沒有關係啊！」

「那麼，那位神官……。」

蛇再度竊笑起來。

「那當然是假的啊！」

聽到這裡，那傢伙心裡充滿了嫌惡。

才走出洞穴，就看到烏爾斯立起了後腳，站在一旁等著他。

「你，違反了我們的法律！給我過來！」

那傢伙走到烏爾斯身邊，烏爾斯仔細地嗅了嗅那傢伙。

「和我想的一樣，身上有火的味道。而且還有什麼東西死掉的味道。」

同時烏爾斯瞪著那把青銅短刀。

「你就是惡魔的同類！這就是證據！你的熊阿姨雖然會很難過，但像你這樣的惡魔，必須消滅不可！」

烏爾斯因為非常憤怒，當場就想殺了那傢伙。

那傢伙一時嚇傻了，完全忘了自己有不可思議的力量，還有自己能夠飛翔這回事。

蛇在這時出來了，問道……

烏爾斯咆哮著說……

「你打算如何處置他？」

蛇沙沙地說著威脅的話，一邊露出二顆銳利的毒牙。

「殺了他……。」

「如果你敢動這孩子一根寒毛，我就馬上殺了你！」

「但是，這傢伙違反了熊族的法律！」

「那麼，就把他丟到懸崖下吧！」

說完話後，蛇就消失不見了。

烏爾斯和那傢伙走到了懸崖邊。無論那傢伙如何哭泣、道歉，烏爾斯始終鐵石心腸地不理會他。

懸崖下方流水湍急、水花飛濺。可以聽見大瀑布的磅礡的水聲。

起風……起風……。

起風……起風……。

對了！

那傢伙看得見風，看得見美麗清澈的風。

「烏爾斯，你不用把我推下山谷，我自己跳下去就行了。很抱歉給你添了許多麻煩，請替我向熊阿姨及熊弟弟道別……。」

接著，那傢伙張開手臂從懸崖上飛出去，飛得很高、很遠。

心臟山就在他的下方，有隻金鷹飛近了那傢伙……

「我還在想你是不是忘了怎麼飛了呢……。和熊族一起生活，身體也變強壯了些。今天要飛到哪邊呢？」

「到那北方的遠山。」

「是嗎？那麼得再飛高一點喔！之後還要飛超過三千公尺遠，因為有一道吹往北方的風……小心點，飛吧！」

那傢伙朝著北方飛去……。

第八章

一到達北方的山，那傢伙就去冰河那兒。

那片冰河在過去年輕時，曾經廣闊地延伸至海洋的那端，但是現在長度縮短，一直在山裡冬眠著。一到夏天，山麓的地方就有溶化的河流向下游流去。一走近河川就會進入深長的峽谷，峽谷兩側都是高聳的懸崖，因為陽光及冰霜的影響，常常會發生坍方。這時在那傢伙的腳邊，都是掉落下來的石頭。

就是這個，花崗岩！

平滑且像有桌子般大的石頭，要多少就有多少。但要怎麼樣才拿得回去呢？以小孩子的力量來說，這簡直就不可能。那傢伙真是欲哭無淚。

此時一直遠遠地注視著那傢伙的山，傳來了一陣低迴聲。

「去向冰河詢問⋯⋯。」

那傢伙聽到以後就向山道了謝，又回到冰河的山腳下。

雖然很冰，但是那傢伙咬牙忍耐，一動也不動的坐在冰河上閉起眼睛。冰河喃喃地發著滿腹牢騷。聽了一陣子的抱怨後，才想要裝做沒聽見，卻又感覺到一股莫名巨大、可怕的力量。

好厲害的力量，好強大的能量啊。

「真偉大的力量啊！想不到這世上會有這種力量存在。太厲害了！」

那傢伙興奮地，不由地大喊出來。

冰河聽到，就和那傢伙在心裡交談起來。

「對啊！我年輕的時候，不論是幾億噸重的石塊，我都能揹在背上搬到這兒，我劈開了山峰，造就了山谷及峽谷。而且啊，我製造出來的眾多冰山，還曾經綿延到海邊呢。從那時我就認識你的祖先了。

在遠古時期，你的祖先以獵捕海狗、鯨魚及魚群為生，所以把我從南邊溫暖之地驅逐到這兒。而我也覺得有些疲倦，所以幾千年後，我又回到北方冰原這裡，決定暫時先休息一下。」

「那樣，就像是蝸牛一樣。」

「什麼？蝸牛？」

「每當疲倦的時候，蝸牛就會縮進自己的殼裡休息，不是嗎？」

「啊，對啊，對啊，就像蝸牛一樣。這座山就是我的殼。對了，那時候還有長毛象呢。你的祖先在知道如何作毒藥後，大型動物開始相繼被捕殺，使長毛象滅亡了，真是可憐。但是人類也是，只要一不小心就會從這世界裡消失。冰河時期將會再度降臨，絕對會！

我不會死，我只不過是在休息。我和海面吹來的風、太陽及繞行的地球，有過很古老、很古老的約定，所以我要活動。對了，慢慢地伸出觸角，慢慢地擴展身體，像巨大的蝸牛一般，將山揹在背上，我要活動，我要活動……。讓我展現力量的時代必定會再度降臨的，可惜……到那時你已經不在了。不過話說回來，你究竟在煩惱些什麼？」

「我是為了找尋花崗岩而來的，我要找平滑且像桌子般大的石頭……。雖然這裡有很多，但卻因為過重而無法搬運。我不知道該怎麼辦。雖然我和黃鼠狼先生約好了……。」

自從被熊族驅逐後，那傢伙心頭一直壓抑著不安的情緒。或許是

因為遇到了冰河，心情放鬆的緣故，那傢伙不由地哭了起來。

「別哭了，別哭了！你有沒有在聽我說話啊？我不是說過這座山裡，幾億噸重的石頭我都搬動過？我記得在我年輕時，我還曾經搬過兩塊你正在找的那種石頭。一塊被你弄壞了。但是還有一塊……，就藏在草原底下，你去那邊找找看吧。是我親自搬的，就在那片原野裡。你趕快去那吧，今晚這座山會開始下雪。」

那傢伙對著冰河大喊謝謝，就飛上天空朝自己故鄉飛去。

雖然這旅程很長，但那傢伙卻覺得這是在瞬間內發生的事。旅途中從熊族、蛇、山及冰河那邊，學到了許多的教訓，而且沒有什麼事比得知石頭的下落，讓那傢伙更放心的了。

黃鼠狼先生一定會很高興……。

第九章

待在心臟山的期間，那傢伙沒有感覺到時間的流逝，但其實離開故鄉已經一年了。

那傢伙隔了一年才又回到那片草原。根據冰河所說的，這片草原的某處應該有一塊他要找的石頭。他在草原上走來走去，一直到傍晚時分。

「在哪呢？沒看到啊……。」

那傢伙喃喃自語地說著。

「嘎！嘎！你回來了。」

那傢伙抬頭看到烏鴉，於是揮著手。

「嘎！嘎！你不可以到這裡來，這裡很危險啊！嘎！嘎！」

「為什麼？」

才想問原因時，烏鴉卻害怕地往西飛走了。

就在這時，黃鼠狼出現了。

「吵死了。你的大腳踩得地面沙沙作響，拜你所賜，所有獵物都逃掉了。」

「真抱歉。因為我想要找石頭所以……。」

「石頭？」

「對，一塊又大又平的石頭。我之前不是把你家屋頂弄壞了嗎？我想找塊和那屋頂一樣的石頭。我聽說這裡有另一塊那樣的石塊，但是就是找不到。」

「那件事啊？如果是的話，我老早找到了，是山鼠告訴我的，這已經是十個月前的事了，我現在住在那塊石頭下面唷。」

「平滑、有桌子般大的石頭下面嗎？」

「是啊，非常舒適的窩喔。如果你再小一點，我或許也能請你來家裡坐坐。原來你找石頭是為了我啊？真是抱歉啊！」

「山鼠是怎麼知道有那塊石頭的？」

「因為他住在這裡啊！」

「這樣啊！你現在和山鼠住在一起嗎？」

那傢伙一問，黃鼠狼便哈哈大笑起來。

「你真是個有趣的傢伙，什麼和山鼠一塊兒住？哈哈哈！是啦，曾一起住過一段日子。大爺我住在山鼠部下的家裡，但是山鼠牠……曾經住在我的肚子裡。」

一看到黃鼠狼捧腹大笑，那傢伙嚇了一大跳。

「有什麼是我不知道的嗎？」

「山鼠被我吃掉啦！那八隻小寶寶真好吃。特別是那種剛出生的粉紅色小老鼠！美味、真是美味，讓我喀滋喀滋地吃個不停……。好吃！」

「真可憐……。」

那傢伙驚訝地看著黃鼠狼，黃鼠狼又開始大笑起來。

「可憐？是啊，是啊！親人都被吃掉了嘛。所以大爺我就行行好，親切地也把小寶寶都吃掉了。喀滋喀滋，喀滋喀滋……真是好吃！」

黃鼠狼咻地一下消失在草地。

那傢伙在草原中央呆呆地站著。

「喂！你在做什麼？我要開槍囉，快點回去！」

那傢伙轉身看後面，有兩個男人持槍盯著他。

又不是軍人，為什麼有槍呢？

那傢伙不可思議地看著他們。

「你快點回去！帕德羅爾軍隊快到了。很危險，快點回家吧！」

「為什麼？我又沒做壞事。」

「這是戒嚴令！日落之後誰都不准外出，你不知道嗎？小朋友。」

一名男人走近他，那個人是一年前和那傢伙一起被帶往國家軍事管理局的六名科學家其中之一。

那男人盯著那傢伙的臉瞧，驚訝地倒吸了一口氣。

「真不敢相信！你……是那時候的……。嗯，果然是這樣，你就是當時的少年，你回來了呀？」

「隊長，不快點的話……。」

後頭的男子焦急地說著，催著那個被稱做隊長的科學家。

「這個男孩對我們的革命會有很大的幫助！比薩利亞的槍還更有幫助。這個男孩會飛！不帶到安全的地方，說不定會被政府的人帶

走，快點帶到我們的藏匿點去！」

「但是，隊長，那今晚的計畫呢？」

「取消！不敢相信吧？這少年會在空中飛翔呢！」

手持武器的二名男子互相地看了對方一眼。有關這個男孩的傳說，至今他們不知聽了多少回，但卻從來沒有真正見過。

據說少年只要注視大型石頭，竟可以毀壞它？男孩只看了上校的手槍一眼，槍就壞了？少年最後飛到天上，從軍隊的手中逃脫？誰會相信這種傳說？

「隊長！計畫……。」

這時傳來了吉普車的引擎聲，是帕德羅爾的軍隊。

那名男子和游擊隊隊長，握著少年的手朝草原附近的樹林跑去。

那傢伙還搞不清楚什麼事，只覺得即將發生可怕的事。

「小朋友，快！晚點再向你解釋。約翰、達克，你們往右邊！我們往左邊走。」之後在藏匿地點會合。聽到命令了嗎！」

二名男子一言不發地往右方走，隊長和那傢伙則朝漆黑的樹林裡跑去。後方傳來了槍聲，還有反擊的機關槍聲。

隊長和那傢伙死命地跑著，隊長精疲力竭地說道：

「小朋友，不快不行。現在不飛的話就來不及了，再往前一段路就會有個安全的地點，但我不希望你又飛走！」

槍聲逐漸遠去。

「我在夜晚沒辦法飛。」

隊長一聽到那傢伙這麼說立刻停下腳步。

「為什麼？」

「因為我在夜間看不見風。」

樹林裡的貓頭鷹聽見這句話發出了嗚嗚的哀叫聲。

第十章

革命黨的基地在某幢建築物地下，那幢房子因為是醫生的家，有許多人進出也不會啓人疑竇。它就在市區的正中央。

地下室有點髒亂，比洞窟還要荒涼。那傢伙剛開始又不由自主地哭了起來。

他的腦海中浮現漆黑洞穴中，有熊阿姨又大又厚重、暖溫的肚子的回憶。以及夜晚和熊弟弟一起模仿母熊的打鼾聲，暗自偷笑的模樣。

好想回到心臟山！

那傢伙在心中吶喊著。

醫生家的地下室正中央有個搖搖晃晃的桌子，及六張老舊的椅子，角落有四張睡床及有裂縫的瓷製洗臉台，天花板掛著一盞昏暗的燈泡，牆壁邊還有許多的並列的箱子。

那傢伙沒有看箱子內有什麼。其實那裡面裝著武器和爆裂物，其

中一個箱子上還有無線電。

這三天那傢伙都無法到危險的外面飛，都被關在地下室。一天三

餐都有人送來，飲水都是從洗臉台的水龍頭取水。白天可以聽見頂

上方傳來病患的腳步聲。叩嘍、叩嘍、叩嘍、叩嘍，還有感冒的咳嗽

聲……。

一到夜晚，革命黨員就會在這裡。幾乎所有人都不相信隊長的

話。那當然。

什麼會飛的男孩？

第二天傳來一個壞消息。

是有關那傢伙和游擊隊隊長逃亡的那天晚上，分頭逃跑的兩名游

擊兵的其中一位，被擊中腳而被逮捕的消息。

其他革命黨員臉色非常沈重地看著那傢伙及隊長，想要救出伙伴

是不可能的事了。

「如果這個地方被他供出來的話……。」

「不，雷尼克是個勇敢的男人，應該什麼都不會說。」

「但是，金蛇隊一定會嚴刑拷問……。」

「金蛇隊是什麼？」

那傢伙這麼一問，革命黨員吃驚地說道：

「你什麼都不知道啊？金蛇隊就是指總統的『特別軍事警察』。黑色制服的肩上有著金色的蛇形標誌。這些全是一群令人作嘔的傢伙。」

這時隊長對那傢伙說道：

「你消失的這段時間，國家的局勢日益惡化，議會解散，大學也被關閉。根據新訂的法律條文，在野黨實際上已不被承認了，就算要審查議案，也變得意想不到的困難。而且現在也頒布了戒嚴令，只要反對總統，或是說金蛇隊的壞話，就會馬上被逮捕。這個國家裡已經沒有自由了，所以我們才要戰鬥。而且希望能夠借用你的力量。」

「那要怎麼做才好呢？」

聽到那傢伙這樣問著隊長，其中一名黨員鄙夷地說道：

「這個小鬼能做什麼？隊長，請你停止吧！為了這個孩子而改變計畫，造成一個夥伴被逮捕，難道不是這個小孩害的嗎？越想我就越

「火大！」

「你不聽不懂我說的話嗎？這個少年有很厲害的能力，而且還能在天空中飛行。這個少年是世界上僅有的超能力者，這是我這雙眼睛親眼見到的！」

「隊長，那天你哥哥在你的面前慘遭殺害。之後你有六個月都待在監獄裡頭被嚴刑拷打……。因此你的記憶多少有點混亂，這個小孩的事也是你的錯覺啊。小孩在天空飛翔？如果那是真的，那麼現在就讓我們看一下吧！」

隊長聽了越來越生氣。

「就算是想到什麼就講什麼，但總有可以說和不可以說的話吧！我的記憶混亂？我的錯覺？我是一位科學家！我證明給你看，如果不相信我的話，現在就殺了這孩子吧！如果可以槍殺得了的話，我就自行了斷，要發誓也可以！」

「隊，夠了。我們不是金蛇隊，殺小孩這種事兒我們幹不來。」

另一個人插嘴說道。

「這話題就到此為止。和這件事相比，如何救出約翰和雷尼克，

才是最重要的，不是嗎？雖然我不知道這孩子擁有什麼超能力，但這話題日後再討論吧？」

「好，我知道了。」

隊長一邊壓抑怒氣一邊說道。

雖然那傢伙始終保持沈默，但心裡卻煩惱著。

到了第四天，那傢伙已經受不了。他盯著鎖著他的討厭窗戶瞧。

一動也不動的盯著……盯著……盯著……盯著……。

啪！啪！啪！啪！在一陣猛烈的聲響後，那窗戶被他破壞了。

呼吸一口久違一年的市區空氣，那傢伙感覺到了自由的氣息。但是他馬上就察覺城市人們的表情，都帶著一種說不出來的鬱悶。

這麼說好了，這座城市裡有著各式各樣的色彩，紅褐色的磚瓦、乳白色的石壁，混雜顏色的漆畫，但是城市給人的整體印象是灰色的。而且不管走到哪邊都看得見黑色制服的軍人。那些男人都一副自以為了不起的樣子，讓人覺得討厭。

烏爾斯雖然體格都很強壯，但不會這麼囂張。

第十一章

「喂，你！過來這邊！」

黑色制服的士兵把那傢伙叫住。軍人的黑色制服上有著閃閃發亮的鈕扣，黑色的帽子以完美的角度戴在頭上，還有發亮的黑色長筒皮靴，和皮製斜叉呈十字形的吊帶，腰際掛著長槍及短劍。

那傢伙停下了腳步看了士兵一下，剎那間士兵就無法呼吸地震了一下。那個士兵的肩上有黃金製的蛇形徽章。

是金蛇隊！

「喂，你沒聽到嗎？過來這邊！」

那傢伙朝金蛇隊男子走去，胸中卻好像有塊鉛塊壓著般沈重。

「你！那是什麼？讓我看看！」

那傢伙忘了皮帶上還插著一樣東西，就是之前在黃金龍子民洞穴裡頭的那把青銅短刀。

金蛇隊男子一把搶過那把短刀，就很令人厭惡地說道：

「你！在哪邊得到這把刀的？我要逮捕你！」

士兵一邊說著就一邊把那傢伙銬起來。那傢伙驚訝地反問道：

「發生什麼事？為什麼要逮捕我？」

「首先，市民不可攜帶武器，你違反了法律。其次，這是骨董吧？如果是，一定是偷來的。你過來！」

那傢伙再度被帶往國家軍事管理局。

那傢伙站在承辦軍官的辦公桌前回答軍官的質問。辦公桌上放著黃金龍子民的短刀，仔細一看還真是很漂亮的文物。青銅短刀的刀刃長二十公分，刀柄部分也是青銅製的，上面刻有蛇圍繞的形狀，蛇的眼睛則是兩顆綠寶石。很久之前有個叫尼比克的年輕人，也拿著同樣的短刀。

「你住那兒？」

「沒有。我已經回不去了……。」

「沒有？說謊！還是記不得了？」

「……」

「雙親的名字是？」

「這個⋯⋯，我沒有父親，母親的名字是烏爾莎。」

「烏爾莎？什麼烏爾莎。姓什麼？」

「沒有。」

承辦軍官漸漸地不耐煩了起來。

「你是笨蛋嗎？」

「嗯！大家都說我在做傻事。」

「這不能做成筆錄！」

軍官以稍為緩和的口吻問道：

「小朋友，這把短刀是從哪裡得來的？」

「是我找到的。」

「所以才問，是在哪裡找到的？」

「這個⋯⋯。」

那傢伙正在想要如何解釋哪裡找到這把短刀才好。軍官又開始不耐煩起來。

「這是在哪裡偷來的？」

「不是偷來的。是我找到的。」

「說謊！給我說實話！」

正巧這時管理局辦事處外頭路過一位年輕男子，他穿著深藍色西裝。這名男子是科學大臣的秘書，他熱愛考古學，因此放在軍官桌上的短刀立刻吸引了他的目光。

咦？那不就是黃金龍子民的短刀嗎？如果是真的那可不得了。

秘書走了進來。

「中尉，如果這是真的，它一定是從博物館裡頭被偷走的，請把它交給我，我必須調查這把短刀，請別讓這孩子逃走。」

秘書說完就拿著短刀到隔壁的國立軍事科學中心去。他必須在那裡核對許多歷史事件，仔細調查這把短刀。

令人不敢相信！這把短刀不是博物館內的東西！

這是截至今日尚未發現的國寶級文物。

秘書趕緊帶著短刀往科學大臣的房間奔去。

「大臣，大發現！請您看看這個。這是五千年前黃金龍子民所使用的短刀，這是完美又寶貴的文物。」

在國家博物館裡，黃金龍子民的短刀也只有三把而已。而且每把刀上的綠寶石全都被摘走了。

科學大臣馬上拿起來仔細地看著。

「這是真的嗎？」

「是真的，絕對不會錯。」

「這是哪邊裡來的？」

「好像是一個不知道哪裡來的男孩身上的東西。現在金蛇隊正在審訊那孩子。」

大臣一聽馬上在紙上寫了什麼，然後親手交給秘書。

「快點把這拿過去，請他們把那個孩子交給我們。如果他們還有意見，責任我來擔。快點過去！」

在科學大臣奢華的辦公室裡，黃金龍子民短刀上的蛇眼散發著令人毛骨悚然的青光。大臣自言自語地說：

「五千年前的真品，黃金龍子民的短刀……。而且還是沒有缺陷、完美的文物。就算是總統，也不會擁有這麼有價值的東西吧……。」

大臣想把這寶物據為己有。

「好，就想個辦法！」

總統的照片在牆壁上用可怕的眼神盯著大臣。青色的眼睛、冰冷的眼神……好似蛇的眼睛。

那傢伙被囚禁在房間裡。對他而言從那種地方逃走，根本就輕而易舉。但他已經不想再破壞別人的房子了。

不可以再破壞窗戶，弄壞東西之類的也不可以再做，好好在這兒看吧。

那傢伙閉上眼睛，試著將自己的意識移轉到房間外。

在國家軍事管理局裡頭的某個房間裡，一位中士正在椅子上迷迷糊糊地打著

那比克的體內，再試一次看看吧。

曾經附身在一名洞窟族男子耐心地等著。在心臟山時也

眠。那傢伙進入了他的夢，暫時借用了這位中士的身體。

這位中士慢慢地站了起來，走出房間穿過走廊，到了牢房。在牢房外拿了鑰匙，中士走進囚禁著雷尼克的單人牢房。雖然周遭有幾位金蛇隊的哨兵在監視，卻沒有人向前盤問他。

雷尼克盯著進到單人牢房的中士邊說道：

「不論你做什麼，我絕對不會說，反正我已經決定要赴死了。」

中士盯著雷尼克蒼白的臉，用小孩的聲音開口說道：

「雷尼克先生，請站起來，我是來幫你的。」

雷尼克嚇了一跳。但金蛇隊的話怎麼可以相信。

而且依目前的情況來看，雷尼克已經沒有辦法站了，因為他的腳已經開始壞死，牢房裡也瀰漫著噁心的氣味。

那傢伙突然想到：

「我也不知道為什麼，但我應該可以治療那傷口。」

「雷尼克先生，請閉上眼睛，我不會弄痛您的……。」

雷尼克聽了以後感覺到一股說不出來的安全感，他繼續盯著中士。中士依舊以小孩的聲音說道：

「雷尼克先生，把眼睛閉上。」

雷尼克坦率地把眼睛閉上。

「雷尼克先生，請摸著您的腳，同時心裡想著『已經不痛了！』」

他照著話做了。

「已經好了，你可以站起來了唷！」

雷尼克睜開眼睛站了起來。壞死的傷口不過一秒鐘就被治癒了。

「你是神派來的使者嗎？」

雷尼克跪著望著中士，一邊問著。那傢伙無法回答這麼難的問題。

「快點走吧，我沒有太多時間了！」

雷尼克跟在中士的後頭。

「你要把他帶去哪裡？」

金蛇隊的哨兵問道。

「將這犯人移到別的監獄。」

中士鎮定地答道。

那傢伙在這時都沒有想到中士的事情，之後他會受到什麼樣的處罰？連如何被上司責罵他都沒想過……。

雷尼克已是自由之身了，那傢伙讓中士回到原本的椅子，然後回到自己的體內。

不論是進入別人的夢，或是回到自己的體內，這些事對那傢伙而言一點都不困難。因為他始終覺得，在很早之前人就會那麼做。但他只要再繼續想，他就會注意到自己的身體，已經開始冰冷起來。

第十一章

那傢伙當天就被帶到科學大臣的房間。令人驚訝的是，科學大臣原來就是那個令人害怕、會在石頭上鑿洞的機械發明人。

「請進，傑爾，請送些飲料及甜點過來。」

科學大臣坐在磨亮的紅木書桌前說著。秘書走出了房間。

「好，小朋友，和我做個朋友好嗎？可以再靠過來我這裡嗎？到這邊來。」

那傢伙有點擔心。

他不記得我的事了吧……。

大臣盡可能地對那傢伙表示友好。那傢伙坐到大臣的桌前。

在那之後已經過了一年多，那傢伙在一年內長大了不少。頭髮長了，臉也曬黑了。身體不只像小熊般強健，而且還像高山及冰山般堅忍。

大臣是無法將在空中飛行逃跑的小孩，和眼前坐著的少年聯想在一起的。

「小朋友，這把短刀可是我國最早期的重要文化資產。在國內目前也只有三把而已，是非常珍貴的文物。你知道吧！」

「是的，但是我還看到很多。」

「什麼？不可以隨便亂說喔！」

大臣透過鏡框，用炯炯有神的銳利目光盯著少年。

「小朋友，不可以開大人的玩笑喔。你不知道這是把什麼樣的短刀吧。」

「我知道啊。這是黃金龍子民的年輕人所使用的短刀。」

科學大臣大吃一驚。

為什麼這小子知道這件事呢……。

「年輕人的短刀？小朋友，那是什麼意思？」

「黃金龍子民的短刀有很多種喔。年輕人用的短刀，在刀柄、蛇眼的部分是用綠色寶石鑲嵌而成的。而神官的短刀，則是用紅色寶石鑲嵌的。黃金龍子民中最偉大的人用的短刀……，因為那比短刀還

大，應該是刀子吧，上頭有二條蛇纏繞在一起。」

「在刀柄上？」

「嗯，蛇的眼睛是四個閃亮的寶石製成的。」

大臣驚訝之餘，許久都說不出話來。

到目前為止被發現的黃金龍子民的遺物，只有三把短刀，以及刻在石頭上剛被解讀完了的《武勇傳》而已，雖然說解讀，但其實總統命令的十位考古學家及語言學家，經過六個月也才好不容易解開文字之謎罷了。而《武勇傳》記載的究竟是歷史還是詩歌，仍無法判別。

而且《武勇傳》的發現和解讀，至今仍屬機密，消息是絕對不可能走漏。

《武勇傳》中記載了昔日黃金龍子民之國王的事蹟，王者之刀是以四顆鑽石作為蛇的眼睛鑲製而成，而且每一顆都有鴿子蛋般大小。

「你……該不會真的看過那把刀吧？應該不會看過那把黃金龍子民的刀？」

「我看過啊。但是酋長只有在特別的時候才會拿出來。男人平常手中持的是長槍。酋長的槍比任何人的槍都還要大，所以可以擲得比

任何人都還要遠。酋長真的很強壯喔！」

大臣毛骨悚然地看著那傢伙。那傢伙說的確實是《武勇傳》中所記載的。

「等一下，你剛才說你看過那把刀，是在哪裡看到的？」

大臣提高了音量。

「在洞穴裡……。」

才說了，那傢伙突然擔心起來。

或許熊族希望將那座洞穴的事情當成秘密……糟糕！

「洞穴？小朋友，那個洞穴在哪裡呢？」

那傢伙看著自己的腳，臉開始紅了起來。

「……這個不可以說，這是個秘密。」

現在就算生氣也只會產生反效果。大臣這麼想著，臉上擠出此笑容繼續問道：

「小朋友，和叔叔做朋友吧，你曾和其他人聊過那個洞穴的事情嗎？」

「沒有。」

「那麼，其他人知道那個洞穴的事嗎？」

「不知道。」

大臣姑且放下心來。

正巧這個時候，敲門聲響起，秘書捧著紅茶及蛋糕過來了。

「大臣，我回來了。這樣可以嗎？蛋糕以及紅茶如何？」

「好，辛苦你了。小朋友，你喜歡吃蛋糕嗎？不要客氣，請用。」

那傢伙把放在大臣辦公桌上、摻有葡萄乾及核桃的水果蛋糕大口大口地吃掉。睽違一年的蛋糕，感覺非常好吃。

就在大口大口地吃著蛋糕的同時，他注意到掛在牆壁上的大相片，蛋糕頓時變得很難吃。

那是當時國家軍事管理局中庭裡，想要用手鎗射殺他的那個討人厭的上校的照片。

那傢伙不由地問道⋯

「大臣，為什麼會有那張照片呢？是你的朋友嗎？」

科學大臣笑著。

「你這孩子真會說笑話。朋友？是啊，總統是我的朋友，是大家

的朋友。因為他是個很了不起的人。」

總統？那個討人厭的上校變成了總統⋯⋯。那傢伙心裡想著。

「布拉尼克上校自從當上總統之後，國家就日益強大。他對國家的歷史多麼地關心，你知道吧。一國的強弱是由這塊土地的歷史孕育而成的。國家若不強壯，必定會滅亡。為了變成強國，就要有一個使國力變強的神龍力量的人來統治。布拉尼克總統就是擁有神龍力量的人喔，小朋友，你所發現的這把短刀，和這個國家的歷史有很深遠的影響。可以嗎？如果將這把短刀交給總統的話，他一定會很高興的。總統跟誰都可以做朋友，是個心胸寬大的人。下次我們一起帶著這把短刀去見總統，好嗎？」

科學大臣想要利用呈上這把短刀來巴結總統。此外，他還企圖將那傢伙發現的酋長之刀、以及神官短刀據為己有。

為了不讓這孩子交到別人的手裡，必須想個辦法才行⋯⋯。大臣暗自決定要拐騙這個孩子，將他軟禁在私人的宅邸裡。

大臣對總統的真實想法，和他所說出來的話恰好完全相反。

雖然將這個寶物交給布拉尼克這傢伙有點可惜，但是這是沒有辦

法的事。我一定要將貴重的酋長之刀弄到手。

布拉尼克或許能夠魚目混珠，充當一下總統，但是他並沒有多厲害，絕不是個當總統的料。那個殺人狂！殺了國王、殺了前總統，將來這傢伙一定也會被殺的。洞穴內藏有黃金龍子民的刀子、短刀的這件事，絕對不能讓那個傢伙知道！

大臣想起半年前所發生的事情輕蔑地笑著。

半年前布拉尼克和曾經是好友的前總統，聯合發動武裝政變，誘騙國王，暗中下毒將他謀害。

布拉尼克擔心國王深受人民愛戴，而且前總統也反對殺掉國王。但是布拉尼克排除了所有的反對聲浪，親自動手毒害了國王。他巧妙地四處遊說，還企圖將毒害國王的責任嫁禍給前總統。那時前總統才開始注意到布拉尼克居心巨測。

某天，科學大臣被總統召喚到辦公室去，大臣那時還是個研究原子力學的科學家。大臣至今想忘也忘不掉當時在辦公室裡所看到的情景。

前總統趴在書桌上，右邊太陽穴上有個彈孔，磨得發亮的書桌上

頭的那些白色文件上四散著鮮紅的血，垂下的右手上拿著手槍……。

大臣站在門口一動也不敢動，看到布拉尼克時，他說：「總統自殺了。」

雖然布拉尼克這樣說，但他的槍套是空的。而且前總統是個左撇子。

當要為總統的死亡提出證言時，大臣和布拉尼克一起做了偽證，因為他受到布拉尼克的威脅。布拉尼克說，前總統是受到國王被殺的恐怖陰影影響，而選擇自殺。

承蒙布拉尼克的提拔，他才能成為大臣。但是不知道何時那個殺人狂會殺我，他並不信任我。洞穴裡長眠著黃金龍子民的寶藏，一定全會成為我的。這會使我的力量變得更強大。布拉尼克！你等著看吧！

科學大臣看著那傢伙，又開始假笑起來。

「小朋友，今天叔叔會帶你到一個好地方。那裡會有好吃的餡餅及燉肉，但在那之前，請你將這蛋糕吃完吧……乖孩子！」

那傢伙看著蛋糕，蛋糕是白色的，甜美的白色。盤子也是白的，

盤子上還有花朵圖案。

雖然這蛋糕看起來很可口，但其實一點也不好吃。

那傢伙這麼想著。

大臣的心思反映在蛋糕上，蛋糕上可以看見其他的顏色。

紅色……灰色……白色……。

「別客氣啊，全部都要吃完喔。因為叔叔要趁這段時間處理一下文件。」

大臣開始看起堆積如山的文件。

「非常謝謝你。但是我吃不下了。」

科學大臣停下手來，訝異地看著那傢伙。

「為什麼？好奇怪哦。像你這種年紀的孩子應該最喜歡吃蛋糕才對！算了，隨你便吧。」

大臣楞了一下看著那傢伙。

這時候，意想不到的話從那傢伙的嘴裡脫口而出……

「我看到血……。看到紅色的血及白色的紙……。」

「然後，我也看到短刀……。」

「短刀？在哪邊？」大臣驚訝地問道。

「在大房間裡⋯⋯，對了，在博物館。短刀是放在紫色絲絨布上。短刀的四周有玻璃箱。許多人正在看著短刀⋯⋯。」

那傢伙指著牆壁上掛著的布拉尼克肖像。

「在那個房間裡有那個人，還有你！」

大臣驚訝地瞪大眼睛。

就是這樣。

前總統死亡的前三天，總統、布拉尼克和數十位政府的政要，受邀參加國立博物館分館的開幕式，博物館館長還擔任參觀導覽。

這個孩子說著當時所發生的事情。

那天布拉尼克顯得絲毫不感興趣地盯著天花板，四根手指不耐煩地敲著槍套。

但是到了黃金龍子民的展示時，布拉尼克眼睛散發著奇妙的光輝，像是生了根似的在櫥窗前站著不動。

「把這打開！」

館長驚訝地看著布拉尼克。

「布拉尼克上校，這個是博物館裡頭最重要的文物，展示窗還連接著緊急鈴……。」

「把這個打開！」

看著布拉尼克可怕的表情，館長趕緊將關掉緊急鈴，將短刀的櫥窗打開。

布拉尼克初次握著那把短刀時，像是變了另外一個人似的。

「這把短刀是我國祖先留下來的文物。但是瞭解這把短刀歷史的人，在這世上只有一個人。那個人是誰？就是我。我就是這把短刀，短刀就是我。這短刀為何存在？是為了切開腐壞的肉，為了切開國家的腐肉。人體的一部份如果壞死的話，只能切下扔掉。社會、國家、世界都是一樣的！」

三天後，總統就被殺了，布拉尼克成了總統。從那天開始，布拉尼克就這麼說著：

「反對我統治這個世界的人，格殺勿論！」

大臣沈默了一會兒，看著那傢伙清澈又漂亮的雙眼。

「總之我們離開這裡。請跟我來。」

大臣無話可說。
蛋糕就那樣地被遺留在那裡。

第十三章

布拉尼克在學生時代既不喜歡唸書，也不喜歡運動，朋友也很少。

他十二歲就長得很高大，有著一張笨拙的臉。頭大、腳也大，變聲也變得比其他人早。他的聲音粗獷且穿透力強，連學校的老師都喜歡學他說話的聲音。當時布拉尼克是班上同學的笑柄，是天鵝中的醜小鴨。

有一天，布拉尼克做了一個永生難忘的夢。夢中他感覺自己像睡飽一樣的清醒，坐在床上環視著整個房間，床上有一條蛇。蛇身上的鱗片是由金、銀，還有白金所構成，眼睛像是赤紅的紅寶石，蛇伸出了黑色的舌頭。

「喂！你會害怕嗎？」蛇問他。

「會。」

「是這樣啊，你把我吞下去看看。如果害怕的話就把我吞下去。」

夢中的布拉尼克邊抖著手，邊抓著蛇滑溜的身體，從頭把牠吞下去。肚子一下子變得像冰一樣的冷，一下子又熱得如火在燃燒。布拉尼克走到窗戶旁邊，看到了如龍形的雲，那是街上黑油油捲成一團的蛇。布拉尼克聽到了從他身體裡面傳來的聲音：「你是龍的小孩。你是蛇的使者。如果有害怕的東西，你就把它吞下去就對了。」

他睜開了眼睛，當時他真的站在窗戶前面，夜晚的街道上，有被風吹得搖晃的怪雲。

在一個晴朗天氣的下午，歷史課上。老師的聲音如同蜜蜂般喋喋不休。布拉尼克突然被老師從後方狠狠地敲了頭，「布拉尼克，站起來！你到底有沒有在聽課。我現在說的可是黃金龍子民的歷史，我再說一次……。」布拉尼克打斷了老師的話，用他那粗啞的聲音說起故事。其他的孩子一聽到布拉尼克的聲音，便當他是笨蛋般地大聲笑了出來，但隨即被他那如詩般的故事情節，震驚得說不出話來。比起老師枯燥乏味的說明，布拉尼克說的要有趣得多了。

「從前，黃金龍的子民從北邊的山移居到此地，打造了數百年的黃金龍帝國。我們的祖先就像黃金龍子民般的美麗與勇敢，在這世上已經絕無僅有。他們身上背負著統治其他民族的義務，為我們帶來和平的，正是黃金龍的子民啊！因此我們的國家至今還無法忘懷這一段珍貴的歷史。但是因為發生了一些令人惋惜的事情，純種的黃金龍子民的血和其他劣質的血混在一起了，這是墮落的開始。乾淨的水和混濁的油，是不能混在一起的啊！」

布拉尼克的眼中燃起了怒火。「這個就是黃金龍帝國滅亡」的原

因。」老師一聽到布拉尼克最後的那句話，臉整個漲紅了起來，因為

他的父親是在鄰國薩尼亞出生的。「是這樣啊。聽你說來，你就是那

個美麗的黃金龍的子民囉。哼！原來如此……。」老師輕蔑地說道。

「的確，黃金龍子民的神是龍。但是套句你說的話，與其說你的

神是龍，還倒不如說你的神是雲，這還比較適合你，不是嗎？」布拉

尼克的大頭和他細長的四肢，都足以證明這種說法。孩子們都笑了起

來。那晚布拉尼克又作夢了。他做了一個龍在學校現身，並且破壞學

校的夢。醒來時他汗流浹背。

隔天布拉尼克無故缺席。他周圍的空氣十分凝重，身體的汗毛

因為靜電的關係，全都豎了起來。遠遠地就可以看見北方的山上聚集

了又黑又高的積雨雲。那天布拉尼克一大早就爬到小山丘上眺望。午

後，驚人的雷聲伴隨著大雨到來，引起了水災。蓋在山坡下的學校，

因為山崩，歷史老師和好幾個小孩都在這場災難中過世了。布拉尼克

親眼目睹了這一切，他的頭髮和衣服被雨淋濕了，但他的眼睛卻一點

也沒有被淋濕的痕跡。

看得見風的男孩

140

望著被毀壞的房子、泥巴的殘骸，半邊的山丘彷彿被龍給抓傷的殘局的布拉尼克，這時得意地笑了。他高舉雙手望著天空，然後大聲吶喊著：「爸爸！我終於懂了，我終於知道蛇告訴我的是什麼意思了。我是為了要打造新黃金龍帝國而出生的啊！我是龍的子民啊！為了開啟歷史的新頁，請賜給我力量吧！」

從那天起，他只聽他腹中的聲音。十六歲時，他進了軍校。雖然在軍校中布拉尼克沒有朋友，但他可是射擊的常勝冠軍，也是軍校史上最優秀的學生。有些軍校的學生覺得這男生應該會成功吧！至少會變成陸軍元帥。但是布拉尼克的不易親近，是他的致命傷。沒多久，布拉尼克的身邊就不乏那些阿諛奉承的年輕軍官。

「布拉尼克是個有趣的人。」

「布拉尼克正在走運。」

「布拉尼克不會害怕。」

布拉尼克利用這些人，洞悉人類的內心。這時候的布拉尼克是雞群中的老鷹。

布拉尼克認為要改寫新的歷史，一定要有優秀的科學發明，以及

卓越的民族性。為此需要強勢的政府、嚴格的法律、還要有堅強的科學武器。

　　幾年前，布拉尼克成了陸軍上校。軍隊在開發雷射砲這種可怕武器上不遺餘力，他當上總統之後，便將雷射砲實用化。不只如此，他還完成了在空中飛行的飛船。飛船不只以原子做為動力，就連雷射砲也都用原子為動力，可謂是所有恐怖武器的結合。

第十四章

科學大臣的家在離首都很遠的地方，是由大臣的曾祖父所建造的，是一幢大型的石砌房屋。

他的家世顯赫，過去是很有錢的大地主，但是他的祖父及父親幾乎耗盡家產，用在那些金錢及名譽都比不上的科學實驗中。他們家以前曾經有很多僕人，現在卻只剩下二位。

那傢伙現在被載到這幢房子。

每次車子駛進這幢房子長長的白楊樹道時，大臣總是想著：

「我美麗的家啊！不久我會讓你每扇窗戶都透出通明的燈火！」

那傢伙在車裡說道：

「真是幢好大的房子！」

那傢伙雖然嘴上這樣說著，但他的手腳卻都起了雞皮疙瘩，因為那幢房子有著無法形容的恐怖、寂寥。

車子才在正門口停下，一位圍著圍裙的胖阿姨就走出來。

「梅亞麗，有客人。這個少年將待在這裡一段時間，幫我好好照顧他。」

又對一起來的金蛇隊士兵悄聲說道：

「這傢伙很喜歡惡作劇，常常往外跑，這下就拜託你了！」

那傢伙連什麼是什麼都還搞不清楚。雖然心中很不安，但是感受到眼前這位胖阿姨笑容裡的溫暖，所以完全沒想到要反抗。他沈默地跟在大臣身後進到屋子裡去。

從那天開始，那傢伙就被軟禁在科學大臣的家裡。

就像那傢伙想的那樣，做飯的梅亞麗是位喜歡照顧別人的阿姨，連七十多、滿頭白髮的男傭馬拉克也常常跑來關照他。也許正因為如此，讓那傢伙不曾想要從這裡逃走。

此外，那傢伙打從大臣那兒聽到「飛船」之後，他的腦海裡滿是想要試搭一次那種交通工具的念頭。那傢伙其實沒想到那艘船有多危險。

一天當大臣回到家，他試著死皮賴臉地拜託大臣：

「我也想要坐上那艘船⋯⋯。」

「好啦，好啦。讓你坐就是了。下個禮拜會舉行首次飛行⋯⋯。好，就這麼辦。你就以我的外甥的身分上船吧。最近也找個時間，我們去你說的那個洞穴看看，可以嗎？」

那傢伙低頭不語。他在那時下了決心，絕對不會說出關於心臟山的事情。

第十五章

過了一個禮拜。

那傢伙被科學大臣帶到一個十分遼闊的地方，那裡有艘巨大的金色圓形飛船，正在等著他們。

飛船高十公尺，直徑有一百公尺，四周有許多圓形窗戶，飛船的入口也是圓形的，還有金屬製的階梯，可以看到入口裡有奇妙的紅色光芒，這讓人想起上古時代黃金龍子民的洞穴。從飛船內部傳來了原子引擎的運作聲，那聲音也像極了黃金龍子民的太鼓聲。

「很漂亮對吧？那麼趕快進去裡面看看吧，就快要見到總統了。」

科學大臣一邊這麼說著，一邊催促著孩子。

「咦，總統……叔叔，你已經把那把短刀送走了嗎？」

大約兩個禮拜前，大臣是這麼對那傢伙說的。但實際上，當時大

臣是這麼想著……

「那把完美的短刀。或許……或許會變成黃金龍子民最後的短刀。」

於是就含糊地告訴那傢伙說，已經交給總統了。

反正那傢伙還只是個孩子嘛。

一開始謊稱已經交給了總統，只是為了將自己的行為正當化。這一週來大臣想著幾乎都是飛行船測試飛行的事情，早就將當時的謊言給忘得一乾二淨了。

科學大臣這時敷衍地催促著……

「快點！」

「總統也會搭嗎？」

「不，總統這次沒有要搭。」

「那個混蛋應該會等到確定飛船的安全之後，才願意搭吧……。」

大臣心裡這麼想著。

「布拉尼克一定在祈求這次測試飛行失敗。因為失敗了他就可以殺掉我這個討厭鬼了。布拉尼克正覷覷著我的人頭哩。不過那樣是行

不通的哼，我把全部財產都投在飛船上面了，人們會從這艘飛船的輝煌成果，看到在他之下的我的真正實力。這樣我的地位也就會更加穩固，這艘飛船可是攸關我的性命啊。」

大臣和那傢伙上了飛船，裡面從司令官、操縱士、到兵隊，共有二十名人員。大臣領著那傢伙坐下，可以透過大窗戶看到外面的景色。

「已經看到總統了，現在立刻進行起飛測試！」

飛行船中的擴音器裡傳出了總統的聲音：

「各位組員！你們正開創我國歷史的新頁。新黃金龍的子民從今天開始支配天空。希望你們了解，各位的總統布拉尼克，雖然身體在地上，但心是和各位一起飛翔的。為了我們的國家，為了新的世界，要飛的又高又遠！讓全世界都聽到我們飛船的引擎聲！」

總統致詞完後，飛船的引擎發出了比雷聲還要大的聲響，機尾噴出了紫色和橘色的火光，慢慢地垂直升空。

船體與太陽的光芒相互輝映，飄浮在天空的飛船，好像是從白天的雲朵中探出頭來的小太陽，真是美到令人摒息。

金黃色的飛船在數小時後跨越國境出海了。綠寶石般的群島和清澈的藍色大海，就呈現在大家的面前。漁夫的小型帆船揚起了大大的三角形紅色風帆，在海上航行著。

那傢伙興奮地大聲喊道：

「你看！那好像紅色翅膀的蝴蝶，好漂亮喔。」

飛船往外海飛去，船的下方開始出現藍鯨群，鯨魚噴出了水花，水氣裡透著出因光線所形成的彩虹。可是所有的藍鯨聽到原子引擎的轟隆作響的聲音，便揚起了像巨人扇子般的尾巴，深潛到黑暗又寂靜的深海裡去了。

「指揮官，到南蠻島還要多久？」

大臣對著座位旁的麥克風問道。那是一個只要開口說話，就會馬上從擴音器傳來回答的裝置。

「再過十分鐘就到了。」

「目前的高度？」

「三千公尺。」

「了解。」

「那麼，我要到瞭望台上去……。」

大臣解開了座位上的安全帶站了起來。

「小子，和叔叔一起到瞭望台去。在那可以清楚看到攻擊的情形哨。」

「咦？攻擊？什麼攻擊？」

那傢伙反問道。大臣不發一語地往閃閃發光的金屬走廊走去，那傢伙也從後面跟上。周圍只有令人不快的引擎轟隆聲。

走了一會兒前方出現了一座樓梯。持槍的兵隊站在那裡向大臣敬禮。

「這小子也要跟我去瞭望台。」

「是，大臣。請進。」

飛船的瞭望台和海上的船的瞭望台不同，那是圓形的。瞭望台周圍三百六十度都是窗戶。飛行船平常在飛的時候，瞭望台看起來就像是盤子上的小碗，放在圓盤般的金黃色船體上。但是一旦處於戰鬥狀態，瞭望台就會像圓形的電梯一樣，滑降到船體的下方。這是考慮到攻擊時，可以清楚看到下方目標而特別設計的。

站在舵前的男子大聲喊道：

「是南蠻島！」

「距離呢？」

「三十公里！」

指揮官按下按鈕，瞭望台便通過飛行船的中央步道，更靠近海面的小島了，像是可以伸手拿到一樣地清晰可見。

「現在要做什麼？」

那傢伙問著。大臣解釋說：

「看到前面的島吧？那個島住著許多壞蛋。野蠻的海盜在兩百年前將我們的祖先，從這座島上趕了出去，所以那座島應該是我們的才對。今天就是要報復那群壞蛋，對那座島進行『滅鬼』行動。」

「不過……兩百年前奪下這座島的人，現在不是都不在了？」

「當然，但島上仍然住著海盜的子孫，小偷盜來的東西，即使後來遺留給別人，終究還是必須物歸原主。不還的話，現在擁有的人也會變成小偷。現在那些住在島上的傢伙，不想從島上搬走，就是犯了和他們的祖先相同的罪。懂了嗎？」

非常迅速地接近著南蠻島，飛船的高度下降到六百公尺。從瞭望台向外看，可以看到城鎮和港口、漁船、稻田、岩壁、倉庫等等。港口和小鎮山頂上那個像圓頂禮帽般的城堡，正沐浴在強烈的陽光下，像是沈浸在兩百年前的戰爭的夢裡一樣。

第十五章
153

「雷射砲，預備！」

軍隊拉起了控制桿，飛行船的下方伸出了像象鼻一樣長、旗魚嘴一樣尖銳的四隻鋼鐵手指，那就是雷射砲。

島上的人們因為從未聽過飛船的引擎巨響，而嚇得發抖。但這不過是即將於數分鐘後發生的恐怖事情的前兆罷了。

「射擊！」

指揮官一聲令下，軍隊便按下紅色的按鈕。四隻雷射砲發射出的紫色光線，就像數萬隻的矛，狠狠地刺向城堡。

城堡的石頭屋頂在一瞬間出現了無數的洞。島上軍隊用舊式步槍瞄準了飛船來應戰，但那完全沒用，就好像是拿著石頭去丟月亮一樣。

「射擊！」

雷射砲再次射出似光的矛，城堡裡的軍隊相繼被燒死，轉眼之間，屍體已經堆的像山一樣高了。

「射擊！」

這次雷射砲的光線命中了城堡的彈藥庫。

碰！轟！轟！彈藥庫大量湧出紅色火燄和黑色濃煙，城堡在一瞬間被摧毀。從城堡中飛散出的石頭就像雨一樣，劈哩啪啦地落在城鎮和港口上。石頭雨擊破了家家戶戶的屋頂和船隻，擊中了許多的漁夫和城鎮裡的人們。

就連城鎮也難逃雷射砲的摧殘。不管是庭院中盛開的九重葛，還是充斥著流行歌曲的街道，頓時都深陷於火海之中。

最後對港口發出致命的一擊，使停泊在港口的所有船隻都沉沒了。

「太好了，實在是太成功了。」

大臣十分雀躍。

「小子，我們在飛翔天際的黃金龍的身體裡唷。我發明的雷射砲是龍的氣息，是火的氣息。萬歲！萬歲！」

大臣一邊得意忘形地大聲笑著，一邊興奮地說道。

從飛船的瞭望台上可以清楚地看到，地上的人們在煙霧中四處逃竄的慘狀。那些人就好像是螞蟻一樣……。

那傢伙不經意地想起不可思議力量的發現經過，和那傢伙曾經破壞過的螞蟻巢。

不過那時他不知道那是螞蟻的巢，只以為是樹砍掉後剩下的殘根罷了……。

此時心中的悲傷清楚地浮了出來。

這樣實在太過份！太殘酷了！

「已經夠了。停止攻擊！」

指揮官下著命令，軍隊將控制桿拉起來，四隻雷射砲便再度埋進飛船的肚子裡。

「指揮官，為什麼要停呢？還看得到會動的人，不是嗎！」

擴音器傳來大臣的聲音，他似乎很不高興。

「軍事目標皆已摧毀。我的任務到此結束。」

指揮官冷靜地回答著。

「真可怕……。」

那傢伙發著牢騷，不過沒有人聽見就是。

「盡快讓布拉尼克總統知道我們的空前勝利吧！」

大臣笑瞇瞇地說著。

美麗的藍天裡，從科學和技術的「惡」應運而生的黃金龍再度怒吼著，它以驕傲的姿態吞噬了太陽的光芒，飛了起來。

——不管發生什麼事，我都不會讓他們知道有關心臟山的事情。

那傢伙默默地告訴自己，他看到這麼可怕的攻擊時，腦中浮現出飛行船在心臟山著陸的情形。

比鬼嚎瀑布和鬼子川更大的哀嚎聲，將迴響在心臟山。驚恐的洞穴熊將會從洞穴中跑出來，往聲音的方向奔去。牠們都會因為毒箭，甚至是烈火的箭所帶來的痛苦，漸漸……漸漸地死去……。

想到這裡，那傢伙不禁悲從中來。

——不管怎麼說，黃金龍的子民都是洞穴熊的敵人。黃金龍的人民會越來越多，喜好和平的洞穴熊只能在心臟山裡生活，不要再被人類給踐踏了。

那傢伙把心臟山的秘密深藏在心裡，他上了鎖，再把鑰匙丟到某個地方去。

黃金龍人民的洞窟就像夢一樣，徹底地從那傢伙的記憶中消失。

第十六章

南蠻島被消滅了。

在飛船的飛行測試成功，和雷射炮的成功之下，科學大臣的政績獲得了高度的評價，他的地位已經無法動搖了。

但由於布拉尼克比以前更加害怕科學大臣的權力，跟大臣的預感不謀而合，他伺機等待著暗殺的機會。

科學大臣這麼想著。

——要想辦法儘快地把黃金龍子民的寶物弄到手。只要有了那個寶物，我就能成為國內的首富。有了錢，即使是布拉尼克，也要向我低頭伸手。在得到權力和財富以前，都不能掉以輕心。布拉尼克確實盯上了我……。我必須利用飛船製造機會，到那個洞穴裡去……。

雖然沒有宣戰就進攻南蠻島，是個極為卑劣的行為，但意外的

第十六章
159

是，卻沒有國家抗議或譴責。

除了薩利亞人民共和國。薩利亞從以前就被稱為「漂浮在戰場中的和平島」，那是一個從未有過戰爭的國家。薩利亞是個群山環繞，有著高聳山脈和深邃峽谷，嚴格地保護著自然環境的美麗國家。

薩利亞不論男女，從十六歲開始，每年的夏天和冬天，都要接受一個半月的軍事訓練。訓練內容以登山、滑雪和射擊為主。這就是薩利亞雖然沒有參戰過，軍事力量卻十分強大的原因。

薩利亞全國都是軍人，每個人的床邊都準備著槍、滑雪和登山用具，以及夏天和冬天的衣服。雖然他們絕對不可能到海外參與戰爭，但保護自己的國家卻是全國人民的義務。薩利亞有著這樣的諺語：

「隔壁的蔬菜店是將軍的。」違反命令的話，高麗菜的價格就會提高。」

不知道是不是因為從十六歲到六十歲，每年都接受嚴格的登山和滑雪訓練，薩利亞的人民十分健康，也因為他們習慣群體生活，所以也可以說沒有比薩利亞人更友好的民族了。薩利亞有一首這樣的民謠：

十二輛黑色轎車和二十部摩托車發出從大門前的兩座大砲和筆直敬禮的警衛士兵間通過，在中庭停了下來。（第36頁）

那傢伙飛得比屋頂還高,乘著風,越飛越高、越飛越遠,飛到看不到士兵的地方。(第43頁)

被高聳的懸崖及乳白色群山給包圍的島嶼,從以前就是個孤立的島。這裡只有鳥類棲息著。(第48頁)

如果我們知道那籃子裡裝的是什麼東西，我們絕不會讓他們渡過橋到這裡來。（第63頁）

公熊的腰際及肩上，披著死去動物的皮毛，腰際還佩帶著青銅劍，手裡握著那種奇怪的棒狀物，胸前還有刺青……。（第63頁）

黃金龍的子民們全都集合在一個大洞窟內，圍成一個圓圈。圈圈外圍燃燒著八盞爐火。（第67頁）

幾分鐘過後，籃中一條巨大、可怕又美麗的蛇爬了出來。舌頭一邊敏捷的伸吐著，頭部一邊前後擺動。靜悄悄、靜悄悄地，內側的太鼓聲又開始奏響。（第71頁）

黃金龍子民中最偉大的人用的刀……，上頭有二條蛇纏繞在一起。（第126頁）

母熊掉入黃金龍子民的洞穴之中。深邃
的洞穴用樹枝及雜草掩蓋著，洞穴底部
還有好幾根前端削尖的棒子。（第79頁）

站在舵前的男子大聲喊道：「是南蠻島！」（第152頁）

「攻擊！攻擊！看不見也無所謂，攻擊！」布拉尼克喊著。（第195頁）

一位薩利亞的年輕男子跑到他身邊。「老師，這樣不行喔。今天不可以一個人過。」那
是一位年輕學生，兩手握著裝有溫熱過並加入香料的紅葡萄酒大酒杯。（第264頁）

陌生的人唷

我們的山

是用我們的手掌雕刻出來的

只要鼓掌！山就會回應你

啪！啪！啪！

歡迎！

啪！啪！啪！

山的聲響

和我們一起唱著歌

歡迎！歡迎！

即使不懂這語言

也一起歌唱吧！

族人是朋友的話

就握手吧！

薩利亞在兩百年前就簽訂了三方條約。這個條約是由布拉尼克出生的國家、南蠻島和薩利亞共同簽訂的。三國必須遵守以下三條約束：

一、南蠻島的海軍不得對其他國家行使武力。

二、黃金龍帝國永遠不得要求南蠻島歸還國土。

三、薩利亞人民共和國同意與南蠻島進行文化的交流。

當飛船殘酷攻擊的消息傳來，薩利亞人民共和國發出了強烈的譴責。他們找來大使，表達了嚴重的國際性抗議。

聽到訊息的布拉尼克勃然大怒。他把書房裡薩利亞的地圖撕了個粉碎後，立即驅車直奔金蛇隊的總部。

「各位！第二次測試飛行的軍事目標，確定是敵軍的首都魯桑市。這次由我親自指揮飛船。」

布拉尼克環視著自己親手培養的金蛇隊如此說道。

「多年來對薩利亞人的仇恨，現在是復仇的時刻了。我們要給敵國的心臟致命的一擊！」

雙手背在後面，布拉尼克總統在金蛇隊前面來回地踱步。

總統黑色制服的胸口上別著一個像荷包蛋大的勳章。又黑、又濃的眉毛下，有著一雙冷冽的藍色眼睛。

「可是，總統，薩利亞的首都魯桑市裡有許多年代悠久的教會、寺廟、博物館、大學等建築物。也有數百棟用巨木所建造的老房子。去破壞這樣的都市，不是太可惜了嗎？」

金蛇隊中一位年輕的少校問到。聽到這個問題，布拉尼克冷笑道。

他的眼中浮現了從前學校那位歷史老師的身影。

——把我當成沒用笨蛋的那個禿驢……。無聊透頂的薩利亞歷史課。

「殲滅那麼重要的魯桑市，薩利亞人會多麼地悲痛？應該連戰鬥的力氣也沒有了吧。我就是看準了這點。敵人的歷史，敵人的文化，敵人的藝術，新的黃金龍帝國不需要這些東西。快點準備，從明天開始進行攻擊！」

薩利亞的首都魯桑市在一片廣闊的肥沃平原上，那座平原就像巨

人之王的藍色披風般遼闊，像是濃到不能再濃的綠色寶石般的湖泊，點綴著數條如銀色髮帶般的河川。閃閃發光的鐘樓和尖塔，高聳直入雲霄般的矗立在平原的中心。

魯桑市就像是薩利亞的皇冠，魯桑市這個歷史和文化的中心，從未經歷過戰爭的悲鳴。因為魯桑市的地理位置能夠抵抗外來的侵略。

就像是圍繞在美麗庭院四周的圍牆一樣，以魯桑市為中心的薩利亞大平原四周，環繞著有層層的高山。

魯桑市的天然屏障還有一樣，這個天然屏障是人們開玩笑和發牢騷的源頭。可是戰爭一旦發生，這個老天賞賜的天然屏障便會被另眼相看。

那個天然屏障就是霧，輕柔的、潮濕的、就連陽光也都無法穿透的霧。春夏之時，四周高山的冷空氣會流向充滿潮濕的暖空氣的平原，便形成了霧。

由於魯桑市的郊外有著湖泊和沼澤、池塘和河川、以及數百條的運河，這種霧的自然現象便經常發生。因為如此，在這個城市流傳著一句俗諺——

「夏天的魯桑市！」

當面對著看不見的東西，或是要去做自己不知道的事情時，每個人都會這樣說。夏天清晨在街道尚未甦醒之前，魯桑市的水鳥們會展開令人印象深刻的大合唱。夏天的魯桑市四周，住著鴨、雁、鷺鷥、羽白鴨、白鳥、鴛鴦、翠鳥等水鳥，這裡是水鳥們的天堂。過去因為濃霧的關係，無法進行獵捕，後來在魯桑市的地方自治法制定後，水鳥成了保育鳥類，魯桑市附近也禁止獵捕。

第十七章

在故事開始之前，我想先回到一個成年人的觀點，用大人的詞彙來說說我的感想。

那傢伙和我的內心大部分是緊密聯繫著的。那場關於那傢伙與獨裁者布拉尼克的夢，即便是在夢醒之後，仍然清清楚楚地留在我的腦海裡。這本書的故事全都來自於那場夢。

只是，我在這裡想敘述的場景，並沒有出現在那場夢中。到目前為止，我把自己所做的夢，以幼童般笨拙的語彙轉換成文字。所以那樣的語彙讓我記起了夢的語言。

但僅僅只有這一幕是獨立出現的。當我醒著的時候，外在表現所使用的語言機能是成熟的。所以這一幕全都宛若從白日夢裡跳脫出來似的，有別於目前為止我在幻想中，所寫成的其他小說場景。

那種感覺，就好像是我自己在很久之前，便受邀到那間餐館裡，

向坐在那裡討論這部小說的人們，徵詢我的意見。

去年冬天，我用斜紋織布作了一件打獵用的上衣。袖子和衣領縫上了柔軟的酒紅色毛皮襯墊。當初看到那張毛皮樣本時，著實感受到那直接撼動我內心深處之感。因為那顏色正是薩利亞的詩人——薩利休彌穿的那件披風的顏色。有一秒還是二秒鐘，我跳脫了現實，回到里歐尼斯的餐館，吃著他做的鴨肉料理。

我無法忘懷那道塞滿獨特餡料的鴨肉料理，那種口齒留香的感覺。那種充滿鼠尾草、百里香抑或是奧勒岡香料的味道，更奇妙的是，還摻雜些許薄荷的香氣。我一邊聽著薩利休彌吹奏著薩克斯風，一邊偷笑著他那非常誇張的動作和格言。門邊上吊著一支大鹿角，依稀可見那掛在上面的酒紅色披風……。

基於上述原因，或許這個章節的篇幅有些冗長，而且難以閱讀，但是還請你們耐著性子讀下去。

沼澤和濕地之間分佈著許多的水渠。里歐尼斯經營的餐館就位於猶如百步蛇般蜿蜒曲折的渠道旁邊。這間餐館往市區的方向有一道老

舊的護堤。有心冒險的人可以沿著這道護堤從市區走過來。但只限於步行，因為路上堆著大塊的花岡岩石塊，而在石塊的縫隙間還生長著密密麻麻的雜草和灌木。

三百年前該國遭受最後一次侵略之時，當時這國家的邊陲角落到首都，都散佈著無數道宛如車輪輻般的護堤。薩利亞的人們為了守護自己的國土，免於落入入侵者的手裡，於是將所有的護堤全數破壞。之後護堤幾經修復，現在被當成道路使用。堤防裡有著這間首都附近最古老、最高級的餐廳里歐尼斯，除了這家店，沒有其他的建築物。

里歐尼斯的曾祖父以前住在沼澤中，以捕捉水鳥維生。他在這裡建了防波堤和階梯、數個用來養鴨的石圍牆，還有供全家人居住的船屋。之後他的兒子們在石圍牆上面做了尖刺，建造了這座是家也是堡壘的建築物，也就是後來的里歐尼斯餐廳。

只要從城裡運河邊的港口搭乘平底小船就可以到達這裡。城鎮裡的運河和河川，像網子一樣交錯著，不管在哪裡都可以搭船。就算是迷了路，這裡的船長對看起來都一樣的每條水路也都瞭若指掌。霧最

濃的時候他們也不曾迷失過……。把走下石頭階梯去搭船的時間也算進去的話，從城鎮中央乘船處抵達這間餐廳，大約要花四十分鐘。

由沼澤和溼地和水路所構成的保護區，就像廣大的領土一樣，圍繞著首都四周。里歐尼斯餐廳，就在這區域最寬闊的地方。其後展開的是城鎮裡另一個古老的區域，一片極美的領地。這個區域全被上了翠綠色和咖啡金色，交錯其上無數的水路所反射出的亮光，就像細緻的銀色織物一樣閃耀著。

這片沼澤的實際面積本來比現在更大，這片沼澤守護著以前的住民，提供住民所有的生活食糧，沼澤長滿了蘆葦、茭白筍、菖蒲，池底則長了鮮綠的睡蓮和水芥菜，讓淡水雜魚得以在此生存。

兩千年前新來的人開始入侵此地時，將土木技術也帶了進來，建設了圍牆及運河網。沼澤地和溼地搖身一變，成了最肥沃的農地。但是現在只剩下圍繞著首都的安全帶，而那個地區和居民也變成由政府保護。這是距今兩百年前的事情。

里歐尼斯是唯一許可在這個區域，建立家園的家族，因為這家人是沼澤地的原住民中最古老的家族。

即使到現在，這一帶還是野生動物的聖地。尤其是眾多種類的水鳥，在其他區域是無法看到的。棲息在這裡的鴨，和在夏天過境的雁鴨，種類高達四十種。其他還有蒼鷺、兩種白鷺、鶴鳥、千鳥、鷸鳥、麻鷺等，種類十分繁多。

大麻鷺會突然發出可怕的鴨鳴聲，追趕想在夜間偷襲的敵人。被鳥鳴聲嚇跑的敵人，在逃跑的途中，往往會沉到沼澤中動彈不得，約半數的敵人就這樣不見了。

在求偶和爭奪地盤的時候，這群鳥會像被下了口令一樣一同鳴叫起來。這種聲音比起山裡住民吹響的角笛，還要更響，可怕的聲音給人一種超自然的感覺。有時也如同在向眾神宣戰時吹響的巨大海螺一樣。

城鎮中也可以看到水鳥的蹤影。這是因為運河雖然泥濘，但水仍是清澈無比。到處都可以看到鴨、白鳥、雁的蹤影。有著紅色鳥嘴和黑頭的水鳥，在莊嚴的建築物間忙碌地鳴叫飛舞著。

冬天水路結凍，當池子裡開始結冰時，無數的鳥都會聚集到流經城鎮的尼卡拉川急流。由於是急流，即使是冬天也不會結冰。尼卡拉

川響著嘩啦的水聲，流過防止河川氾濫和阻擋洪水的巨型花崗岩堤防下方，與無數的水路匯集之後，出海。

在薩利亞，規定只能在秋季和冬季時捕捉水鳥，而且也禁止使用步槍。在這裡捕捉水鳥，是使用從以前就傳下來的投石器、弓、擲標槍器等工具。取得這種執照的人數每年都持續增加。尤其是擲標槍器，那是一般認為最適合用來捕捉水鳥的武器。

也可以用網子來進行捕捉。在沼澤地撒網雖然是被禁止的，但卻經常使用在稻田、酸果蔓的平原，以及廣布在城鎮北部的坡地上。這裡日照充足，氣候乾燥，適合種植小麥、燕麥、黑麥，以及大麥。鴨雁成群地飛落在田裡的時候，取得執照的獵人就會撒下網子。

里歐尼斯抱怨：「在祖父的時代，人們只捕捉想要的鴨」。當時如果乘著迷彩偽裝的平底小船，使用擲標槍器和捕捉水鳥的標槍，可以捕捉到數不清數量的鴨子，這樣對於生意興隆的餐廳，也能供應足夠的量。但現在卻只能從別處買來鴨子。

里歐尼斯買鴨的數量高達數千隻之多。死去或負傷的鳥被做成肉派，沒有受傷的鳥就把翅膀抓起來，放到沿餐廳下面和堤防之間所建

成的水池中，用編得緊密的柳枝柵欄劃分出區域。魚也用同樣的方法養殖著。鰻魚、鯉魚、鯰魚、狗魚等，根據客人的點菜，現捉現煮。是這裡的人氣料理之一，鴨料理當然是這裡最受歡迎的美食大餐。

「鴨子啊！」里歐尼斯說：

「我最討厭鴨子這種東西了。」

「為什麼？」客人問。

「既然你這麼說，那麼我就不會把鴨子賣到這裡。」

「沒錯。我喜歡掐住這些鴨子的脖子，讓牠們停止那該死的嘎嘎叫聲。看看擠在圍柵四周的那幫傢伙，他們是來偷飼料的。除了偷飼料之外，還煽動我養的鳥。那些傢伙可能是知道自己是受政府政策保護的，真是豈有此理。」

好像理解了主人說的字句似的，里歐尼斯飼養的寵物——沼澤水獺，搖晃著身體發出了呻吟聲。用像男生胳膊一樣長、女生大腿一樣粗的身體爬到窗邊，把前腳放在玻璃窗上，又長、又光滑的尾巴不停地前後擺動著。

「好好，茲奇，要不要也讓你去捉一隻呢？嗯？如果你沒有這麼

胖，而且也能潛進水底的話，我就讓你去捉那幫傢伙喔。」

以前沼澤地的人們，把水獺當成狗一樣的飼養。有時也會靠著水獺來捕捉魚或是水鳥。

里歐尼斯的寵物——茲奇，已經上了年紀，鼻翼周圍也有點變灰，牠確實是過胖了。茲奇之所以會這麼胖，其中一個原因是在主人沒看見的時候，向各桌的客人討東西吃。

目前在大學四年級主修科學，名叫巴納的學生，帶著某位教授來到了這間餐廳，預備要和另一位歷史系教授在此碰面。和巴納同行的教授是位逃亡者，也是一位優秀的科學家。以前他因為他的自由主義思想，和目擊了某個事件，而被新黃金龍帝國的軍隊逮捕。

他接受兩個月左右的拷問，與他要好的三位科學家，包括一位在學校任職的老師，都被處刑，教授親眼目睹這一切。他們被帶到監牢的中庭，鎖在椿上，然後被殺害。

那是個充滿著壓迫感的巨大建築物——「金蛇隊」的總部。他們的黑色制服、肩膀和帽子上，都別著帶有鐵渣的金色蛇型徽章。

教授的弟弟也和他一起被捉進監獄裡，他也是一位科學家，還是前雷斯寧古大學的榜首，教授的弟弟扭斷衛兵的脖子，換上衛兵的制服，把哥哥藏在洗衣公司卡車裡的髒衣服底下，一起逃亡成功。教授在薩利亞流亡之時，幫他整理山區逃亡裝備的，也是這個弟弟。

學生端著銀製的高腳杯，再將以蘋果和野生葡萄做成的金色特級紅酒，斟得滿滿的。

「為了我國的塔巴魯教授的幸福，乾杯！還有，希望某天能得到永遠的和平，乾杯！」

被稱作塔巴魯教授的紳士舉起杯來，微笑地喝下紅酒。

「老師，如果我有冒犯您的地方，還請您多多包涵。報紙上寫說，你和弟弟一起逃了出來，那您的弟弟目前情形如何？該不會又被捕了吧。」

教授搖了搖頭。

「沒有，他並沒有被捕。如果將來也不要被捕就好了……。」

他的眼神閃過一絲不安，往房間內側走去。那房間很大，天花板很高，硬木床上放著好幾個坐墊，房間正中央，有著鐵和紅磚做成的

大暖爐，木柴正劈哩啪啦地燒著，圓錐形的屋頂式排煙天窗是用閃閃發光的黃銅製成，暖爐的煙都從這裡排出去。學生看著教授說道：

「老師，你用不著擔心。這裡沒有間諜，也沒有告密者。我們薩利亞的所有人民一達到法定的年齡，都必須服兵役。在我們六十歲以前，一年要服一次兵役。軍隊裡也有做到七十歲的人。我們不怕軍隊，因為我們就是軍隊。在這裡您可以說心裡的話，做自己喜歡做的事情。這裡就是薩利亞。」

教授稍微動了一隻手，搖搖頭，繼續喝著紅酒，說道：

「啊，是應該如此。你說我弟弟嗎？我弟弟現在是游擊隊的戰士，為了殺掉布拉尼克而戰。希望神保佑我的弟弟。」

學生舉起了高腳杯：

「那麼，為了您的弟弟，還有老師自己。為了勇敢的兩位，乾杯！」

里歐尼斯終於來到桌前，把寫在羊皮紙上的菜單遞了過來。他身上圍著皮圍裙，穿著乾燥的鴨皮做成的棉襖。用他胖胖的手指在菜單上游移著，指著一道道推薦料理。

對教授來說，上面的料理都是前所未見，看起來十分美味且豐盛。正苦惱著要選哪一道才好。

就在這時，餐廳的大門被大力地推開了，早春的冷空氣咻咻地流進了室內。

「里歐尼斯，你這無賴的大胖子！不要讓別人坐在我的桌子上！」

學生與教授被那聲音嚇了一跳，不知所措地轉身向後望。門口走進一位很高大的男子，揮舞著拳頭朝他們走來。他穿著襯有羊毛內裡的酒紅色羊皮斗篷，擦亮的高跟皮靴踩得地板嘎嘎作響，襪子的反折處露出了藍色的裝飾。男子像發狂的公牛一樣地吼叫著，可是其他的客人沒有一人驚慌。幾位客人正開心地與幾位男女侍者談天。

「我的話你好像聽不見？你這個不務正業的鴨子強盜，為什麼讓新來的人坐我的桌子呢？」

塔巴魯教授有點難堪，他拉了拉椅子準備站起來。里歐尼斯用他那胖胖的手壓住了他的肩膀：

「無所謂。請你不用擔心，坐著就可以了。」

他一邊說著一邊回頭，以同樣大的聲音朝那位喧鬧的客人斥責回

「這裡不是你的桌子，一文不值的詩人老師，這是我的桌子。還有，這個房間的所有桌子都是我的！而且，這位偉大的紳士是……（瞪著紅斗篷的男子，也不管其他客人莞爾地大聲笑著，里歐尼斯揮舞著他健壯的單臂特別強調了『紳士』這個字眼）……我的客人。不要像屁股被咬到的水獺一樣鬼吼鬼叫！我不想再聽到你的抱怨了。成熟點，坐下吧！」

挽起像普通男生大腿一樣粗的手，里歐尼斯用瞪著這場好戲的客人們都可以聽到的低沉聲音，命令著該名男子。

「坐下！混蛋詩人！不然我就扭斷你的脖子，把你那華麗的羽毛給拔乾淨，然後在你的肚子裡塞滿更富有創造力和藝術性的填充物，慢慢地用烤箱烤上一些時間……。懂了嗎？」

客人中響起了掌聲。不過被威脅的男子只是笑笑地點了點頭，居然抓了把椅子往教授和學生的桌子靠了過來。

「去！你們聽到那胖傢伙說的話了吧！里歐尼斯這傢伙只是在虛張聲勢罷了。」

去。

塔巴魯教授隔著桌子觀察那名男子。他臉頰上滿是鬍子，毛茸茸的眉毛裡藏著一對令人吃驚的、閃閃發光的藍色眼睛。幾乎是黑色的深咖啡色鬍子，如荊棘般茂密地佈滿整張臉頰。和多數的薩利亞人不同，他的頭髮長到肩膀，尾端用銀藍色的絲質髮帶綁了起來。

那名男子脫下了紅色斗篷，微笑著把它交給了女服務生。他穿著一件白色亞麻罩衫，和不知道是羊，還是鼴鼠的黑色毛皮作成的衛生衣。短褲是用染成黃色的洋蔥皮手工縫製而成，長度只到膝蓋。他穿著皮靴，右腳的靴口插著一把短劍。劍柄是用鹿角製成的，上頭用銀裝飾著。身段和舉手投足都勝過華麗的舞臺劇男演員，但這樣的妝扮卻很適合他。

「那麼，迪豐教授在哪裡？不會掉到河裡去了吧！」

「迪豐教授？」

學生問道。

「沒錯，迪豐。熱中古代遺物的迂腐老教授，是個喜歡把頭伸到充滿陰氣的遠古濕氣裡，把屁股留在現實的清爽空氣裡搖搖晃晃的老傢伙，這裡是他最喜歡的餐廳。叫我在這裡等他的就是迪豐。不管那

個胖子怎麼說，這張都是我的桌子，我一向坐在這張桌子，這是大家都知道的。總而言之⋯⋯，已經點好菜了對吧？我快餓死了。」

里歐尼斯再度站到桌子旁邊，教授們都在期盼里歐尼斯何時會抓起這名囉唆男子的脖子，把他扔出去，但里歐尼斯卻不打算這樣，他只是做做樣子罷了。

煮得黏糊糊的鴨翅料理立刻上桌了，男子邊嘮叨地說著，邊拿了一隻鴨腿吃了起來。過沒多久，倒了紅酒的酒杯來到男子的面前。里歐尼斯說：

「這邊的紳士還沒有點菜，都是因為你這難看的舉止⋯⋯。」

「住口！像你這種裝模作樣的低級男子，其實也不懂什麼才是更好的禮儀。」

男子對著教授和學生說道：

「我來介紹一下我自己好了。反正我們都是要一起吃飯。我叫薩里修米・亞隆頓。」

學生聞言臉上閃著興奮的光輝，站了起來向那名男子鞠躬並說道：

「塔巴魯老師！啊，這真是太棒了！對了，迪豐老師曾說要招待一位令人吃驚的客人，原來說的就是您啊。塔巴魯老師，亞隆頓先生是薩利亞最有名的客人，原來說的就是您啊。塔巴魯老師，亞隆頓先生是薩利亞最有名的詩人，也是一位小說家。」

塔巴魯教授起身行了個簡短的點頭禮。薩里修米的眼中有忍不住的笑意在跳躍著。

「不只是有名而已，笨蛋！得說是最優秀的才行！」

里歐尼斯不發一語地聽著。里歐尼斯和薩里修米這兩個互罵的人，其實是好朋友，薩里修米是這間餐廳的常客。

薩里修米也向塔巴魯教授回了禮，他握住了教授放在桌上的手，緊緊地握著。

「教授是我國的重要客人，我也要注意禮儀，好好歡迎你才行！歡迎你到本國來！歡迎你的到來！」

這時一名穿著咖啡色斗篷和灰色上衣的嬌小男子，氣喘噓噓地跑了進來。看起來相當慌張的。

「啊，我來遲了，真對不起。我本來想在這個可怕的男子來之前先到這裡來的……。我想，他一定已經對你們說了一大堆失禮的話了

吧？不管他說了什麼，都請別在意，他只是在敷衍罷了。教授，十分遺憾地，這個無恥的男子是我的老朋友，他是個詩人，也是一位小說家……。」

「閉嘴！迪豐，坐下吧。紅酒！再來一杯紅酒！」、

薩里修米和同桌的人都笑了起來，他說道：

「他們兩個人都已經知道我了。剛剛我已經請他們到我的桌子來坐了。」

「一開始坐在這張桌子上的，明明就是我吧……。」

塔巴魯溫和地說著。

「去！燕子來的時候，麻雀卻主張說自己是最先來的嗎？」

塔山魯教授馬上回話說：

「他們是棲息在同一張桌子上的嗎？」

「什麼啊？麻雀也好，燕子也好，甚至是紅雷鳥，都會在比這裡更好的地方棲息吧！這張桌子上根本什麼都沒有，不是嗎？喂！里歐尼斯，啤酒肚的笨蛋！把肉餅拿過來。我要是雁鴨的肝臟肉餅、燻製的鰻魚和燒烤河鱸各一盤，要有加蓮藕和新鮮馬鈴薯的那種，不要放

野生的洋蔥。還有，再來一盤蒸蝦蟹、一盤蘋果紅酒醬汁蝦。」

沒機會讓其他人開口點自己的菜。薩里修米繼續說著：

「先把紅酒和我剛剛說的這些小菜拿過來。主菜我等一下再點。」

迪豐教授縮了縮肩膀，舉起了菜單。

「當然一定要吃鴨才行。這些鴨原本是野生的，一兩個月前被網子捉到，再被里歐尼斯養胖的。根據不同的鴨，還可以分為四種尺寸。啊，現在有眞鴨啊，這種眞鴨可是珍品，對吧，薩里修米。」

「對，那個很不錯。有填充物的那種，一人來一隻。」

薩里修米對著從外國來的教授笑著說：

「這種填充物很特別，是用蒸過的蛤蠣加入鴨肝和鴨心，再加入砂肝，最後與從高地上摘的蘑菇、和野生的米一起作成的。其中還加入了蘋果白蘭地和數種香料，那個香料當然是機密，就連身為他料理的評鑑家及好朋友的我，也無從得知。填充料做好之後，就全部塞進鴨子的肚子裡縫起來，拿到生好炭火的窯裡去烤。在炭火上蓋上鐵蓋的話，就變成小火的烤箱，這樣火候就會很透。」

「光用聽的就知道那是道很棒的料理。盤子並排在桌子上，冰過的

紅酒斟滿了銀製的高腳杯，這時原本心中滿是困擾的塔巴魯教授，也開始感受到這股融洽的氣氛，和這位詩人交朋友，應該能夠徹底交心了。

另一方面，巴納也被一股敬畏的氣勢壓倒，這個桌子上的人裡，會說流亡教授國家語言的，只有他一個人。巴納被校長找去，請他在教授安頓好之前給予必要的協助。塔巴魯教授雖然會說薩利亞語，但卻不太流暢，音調裡也聽得出來帶有他母國語言中特有的、強而有力、喉頭音清晰的鄉音。比起幫助教授，現在的巴納腦裡盡是眼前他最尊敬的詩人。無論如何，他都想說些話。巴納戰戰兢兢地開口說道：

「亞隆頓先生。我讀了您這次出版的《翡翠之河》，相當地感動呢。我還反覆地讀了兩遍。」

「如何？」

「其中描寫我國的河川，說明河川的流向，那和歷史、文化、生命的演變是息息相關的。這是我目前為止所讀過最強而有力的作品。」

這時薩里修米不發一語。巴納繼續說著：

「那本書裡寫到一個『鬼嚎瀑布』附近發生過的種族對決，這些資料是在哪裡查到的呢？和我們在教科書裡學到的有點不一樣…

…。」

歷史教授迪豐開始說道：

「那些資料是從我靈魂的深處找到的，當然也有從神話和民間故事裡取材而來。」

「薩里修米，你難道不覺得，早期種族間的戰爭是造成我們現在文化差異的重大原因嗎？也就是說，我們和那個……。」

流亡教授馬上接著說……

「敵人是吧？我們的祖國現在正在交戰。我在我的國家裡被蓋上了背叛者的印記。」

這番話讓大家沈默了下來。薩里修米用平穩的聲音打破僵局。

「你不是背叛者，塔巴魯教授。你清楚地說明了我們國家之間的文化差異。迪豐，剛剛的問題的答案，不是『Yes！』。在黃金龍的倫理被帶來以前，我們的祖先就住在這個地方了。在我國早期的泛神論

宗教裡，那個符號和神，意味著『自然』。」

薩里修米紅著臉揮舞著手勢。紅酒幾乎要灑到地上了——

「想想那些遠古眾神的事情……，鸛鳥、像人一樣說話的水瀨，和很久以前因為喝下蛇毒而滅絕的土洛魯（住在洞穴裡的人們）們，相親相愛地生活著的穴熊、山獅、三指巨鳥鵪……。這種神的符號是真實存在過的，對吧，迪豐？長毛象也是一樣，有許多已經被挖掘出來，可以作為證據的化石，對吧？長毛象也是一樣，山惡魔的冰冷舌頭……雖然指的就是冰河，但長毛象是把它推回去的神。除此之外，還有風、火、森林等無數神明，他們全部都以極自然的姿態，真實地存在過。賦予他們超自然角色的也許是我們人類，也說不定。不過黃金龍的入侵者們，究竟把什麼當作神的符號呢？」

塔巴魯教授嘆了口氣。悲傷地、長長地嘆了一口氣：

「龍、金色的蛇、背著鳥的巨魚、有著人類的臉的花，還有無法想像的可怕東西，比如說，有八根手指頭、會把嬰兒吃掉的女神等等……，就像你說的一樣。可是就算使用了這些東西，還是和古代的現實關聯密切對吧？」

「話是這麼說沒錯。」薩里修米說。

「不過，那不是我們的現實。黃金龍的人民跨越海洋，將奇怪的符號帶了進來。是和翡翠之河的流向相違背的！」

薩里修米從桌子裡探出身子，看著塔巴魯教授不安的眼睛。

「可憐的逃亡者朋友，如果你們的文化像許多河川合流的海潮，又會是什麼樣子？從河川上游下來的紅公魚，在混入鹽水的河口繁殖。相同地，從各種河川來的文化和藝術，在那裡開花結果的話，該是多麼棒的一件事啊！」

紅公魚這種小型的淡水魚是在與海潮交界的河口中繁殖，由於牠們的群聚，使泥沙渾濁的河口帶有像湯一樣的酒紅色。

「很遺憾，我國因為布拉尼克的關係，已經變成一個獨裁國家。在獨裁主義的國家裡，美術和文學都會從內部開始崩壞。」

聽到亡命者所說的話，薩里修米點頭表示贊同，再度在兩人的玻璃杯中倒滿了紅酒。

「就像你說的那樣，獨裁確實毀滅了藝術。這個體制驅逐了藝術，藝術就隱藏起來了。國民的心期盼著解放，最後還是要依靠科學

家們的夢幻故事。」

「那是什麼意思？你說的那個夢幻故事指的是什麼？」

塔巴魯教授問道。

「瞧，在高山上不是有來去無蹤的毛茸茸的雪人嗎？深湖裡還潛藏著奇妙的怪物……。能飛翔在天空裡的小孩，像船一樣大、發出巨響飛到天上的機械飛船等等，很多很多對吧？我的天啊。」

詩人把紅酒一飲而盡。一直看著他的塔巴魯教授緩緩地開口說道：

「我不覺得那些全部是空想，亞隆頓先生。至少會飛的孩子和飛船，是真的。」

巴納興奮地叫著。

「大學裡大家都在談論。不只是文科，就連理科，大家都在說這些事，布拉尼克製造了會飛的軍艦。」

「會飛的軍艦？」

詩人叫著。

「太笨了！會飛到空中的只有鳥、風箏、氣球、還有思想這些東

西罷了。」

「很遺憾，你錯了。」

塔巴魯教授清楚地說著。

大家順著那個音調注視著他。教授繼續說著：

「我是科學家，我的弟弟在成為游擊隊隊員之前也是一位科學家。在最近悄悄地送到我這裡的信中，他寫著親眼見到飛到空中的船。船上搭載著某種兵器。布拉尼克掌權以前，我和弟弟曾經看過那個武器的研發時期，那是個可怕的武器，是能發射光線，把岩石和金屬像柔軟的牛油切開的大砲。」

迪豐教授尖銳地問著：

「你看到那個武器了？在哪看到的？」

「在學術研討會上。當時弟弟和我都出席了會議。我們被捕後雖然曾經特別指出，那可以在礦業方面使用，但我們所有人心裡都明白，這個東西耗費了非常龐大的政府資金。製造出這個武器的就是現在的『科學省』，那些布拉尼克養的狗！」

教授無言了。迪豐則興致勃勃地問著。

「那個武器很大嗎？」

「非常大，而且也很重。」

薩里修米笑了。

「那麼重的東西是無法越過山頭的。在那個東西可以使用之前，我們就打敗那些傢伙了。」

塔巴魯教授憂愁地搖了搖頭。

「你無視於我剛剛說的事實嗎？那是可以飛到空中的，和強大的武器。乘著飛船，那武器終究會飛到這裡，帶著布拉尼克瘋狂的憎恨，越過山頭，從空中入侵這個國家。」

「飛到空中的機械裝置？嘿！」

薩里修米把高腳杯中的紅酒一飲而盡，對著塔巴魯教授叫著：

「那麼，就讓我們好好地問問有關毀滅的奇怪警告。里歐尼斯，蘋果白蘭地！飛到空中的大機械？愚蠢至極！」

學生睜大了擔心的眼，看著亡命教授的臉。從他的臉上實在看不出來是在說謊。

「在你弟弟的信中，有沒有說到那個機械的事情呢，老師？」

「那飛船像圓形的盤子一樣的平，背的部分有著像鯊魚一樣的鰭，是個閃閃發光的、銅鐵製的巨大物體。船體上用金色和紅色瓷漆畫著兩條大龍。約可乘載四十個人，中央有個奇妙形狀的圓頂。這艘船的製造是在首都外一個被嚴密監視的地方進行的。只是誰靠近，即使是孩子也都會被殺。游擊隊也有兵力和兵器，似乎可以進行某些破壞……。」

他縮了縮肩。突然想起弟弟的事情，讓他的胸口一陣疼痛。

「弟弟注意到這個裝置已經在進行戰鬥測試了。他說他也曾親眼見過這個機械飛到空中的樣子，好像還伴隨著像雷一樣的巨響。」

塔巴魯教授閉口不言，沉默了一會兒，說道：

「我弟弟不是一個幻想家，也不是個會說謊的人。更沒有吃了或喝了會產生幻覺的香菇和酒。」

他一邊這麼說，一邊把視線移到亞隆頓身上。

「嗯……。」

詩人用呻吟般的低沉聲音，懷疑地喃喃自語：

「那麼，老師，我已經知道這件事了。你和你的弟弟大概也不是

會說謊的人。不過，希望你告訴我，您國家的另一個無聊傳說又是什麼？尤其是國境村落議論紛紛的那個飛到空中的少年，又是怎麼一回事呢？」

薩里修米拍著手，擺出了滑稽的表情。

教授低頭看著自己的盤子，一發一語。這時學生感覺到場面有點緊張，便開口說道：

「亞隆頓先生不是知道北邊的山裡有宇宙隱者的故事嗎？相信這些事情，且掌握證據的人，也是有的。我也曾經看過描繪古代神話的畫作，那些人幾乎全裸、有著長長的頭髮和爪子，都曾經存在於宇宙間。」

「空中浮場的故事對吧。這個我好像也有聽過。不過這個不一樣，這個男孩據說是像鳥一樣在空中飛翔。」

薩里修米拍著手，大聲地笑著。

塔巴魯教授抬起頭來，直視著薩里修米。就肉體上來說，塔巴魯教授雖然不是個強者，但他的精神可是非常勇敢的。

「亞隆頓先生，」塔巴魯教授平靜地說：

「我親眼看過那個少年，只用視線，便將岩石粉碎。我也曾經看過，在軍事管理局的中庭，當時還是陸軍上尉的布拉尼克只是被少年的視線掃過，便倒在地上的事情。而且我也曾經看到少年飛到空中逃走的事情。不只是我看過，其他的人也都看到了。我可以用我的名譽來發誓。」

薩里修米‧亞隆頓，因為覺得非常好笑，而笑了起來。

其他客人都回頭來看他。薩里修米用拳頭捶著重重的桌子，拍手笑到眼淚都流了出來。

外頭瀰漫著濃霧。早晨的水路上有薄薄的霧，但現在它越來越濃了。如果不是十分熟練的船長，應該無法出船到城鎮上了吧。野鴨群聚到里歐尼斯餐廳的大窗戶，好像是為了逃避周圍的昏暗和尋求庇護而來。

這時突然響起了吵鬧的振翅聲，鴨群啪的一聲飛到了空中。喧鬧的聲音、叫聲、嘎吱嘎吱的振翅聲，被薩里修米滑稽行為所吸引的所有客人們，都轉頭往外看。不只是餐廳前的鴨，所有棲息在沼澤地的

雁鴨們，都揚起了聲響。

這時遠遠地，有種別的、更不吉利的聲音，凌駕了鳥兒們的喧鬧聲，從瀰漫著霧的河岸上靠了過來。

那是一連串低沉的震動聲響，像是在夏天的山頭中響起的雷鳴，轟隆轟隆地作響。餐廳的柱子終於因為那個聲響開始搖晃了起來。沒有人注意到薩里修米‧亞隆頓已經停止了笑聲。

第十八章

布拉尼克所率領的飛船在隔天晚發動了攻擊。

魯桑市的街道被濃霧包圍著。從空中俯瞰，魯桑就像一個裝滿湯或粥的碗。

「攻擊！攻擊！看不見也無所謂，攻擊！」布拉尼克喊著。

隊長拉了射擊的操縱桿，但一點用也沒有。雷射光雖然是一種強光，但在接觸到霧以後卻凌亂地散去了。

那天不只是濃霧，厚厚的烏雲也使飛船的尾巴直往山頂下沉。飛行要是看不見山的銳利牙齒，是非常危險的事。

布拉尼克並沒有讓飛船的組員們看出心裡的恐懼，但回程途中，那股不知道飛船是不是會墜落在黑色烏雲之中的恐懼，讓布拉尼克內心七上八下。那天的飛船就像一隻眼睛看不見的老鷹。

從春天到夏天，飛船不斷重複地攻擊魯桑市。不過這個首都卻沒事。

雖然邊境附近的小城市都接連地被燒毀，但魯桑卻毫髮無傷地存活了下來。薩利亞人都深深地相信是上天在保護自己的首都。布拉尼克知道如果魯桑沒事，薩利亞人一定會對自己展開報復行動。

邊境附近的攻擊一直持續著。每當從遠方傳來飛船的引擎聲，人們就會逃到森林或是山裡。飛船的破壞結束之後，人們就又會從藏身之地出來，重複地進行滅火、處理受傷的人、埋葬死人、重建家園的工作。

在布拉尼克的堅持之下，幾乎每天都持續地攻擊薩利亞，不過薩利亞的國民都受過良好的自衛訓練，即使房屋被燒毀，多數薩利亞人都活了下來，攻擊並沒有達到預期的效果。濃霧更致使無法對魯桑市進行攻擊，也讓布拉尼克漸漸地不耐煩了起來。

而且由於布拉尼克獨裁地亂用飛船和雷射炮，國內的能源廳開始出現批評的聲浪。

「總統，這樣下去的話，戰力資源會越來越少。飛船也還處於測試階段，如果沒有計畫性地大量使用，那麼生產更漸形重要。」

「嗯……。」

於是布拉尼克召開了「金蛇隊戰爭評議會」，下達暫時停止攻擊薩利亞的命令。

魯桑市如釋重負。之所以這麼說，因為魯桑市春夏氣候和秋冬氣候完全是對比的。從秋天中旬開始到冬天，魯桑的霧會奇蹟般地消失，充分享受晴朗的冬日已是魯桑市民的樂趣之一。如果攻擊一直持續到秋天，魯桑應該不用多久就會滅亡了。

但是，布拉尼克卻盤算著更可怕的計畫。

一個星期後，布拉尼克再次召集金蛇隊舉行評議會。

「冬至（十二月二十三日）祭典時，應該會有非常多的薩利亞人聚集到魯桑市，到那天為止的四個月內，我們不發動任何空中攻擊。我要讓那些薩利亞人在冬至祭典那天，見識到前所未見的強大篝火。不管有沒有霧都沒關係，我們會讓那傢伙體會到真正的龍的怒氣！」

金蛇隊的將校們不由得面面相覷。

冬至祭典對薩利亞人來說是一年中最重要的節日。魯桑市的街道上和公園裡一整天都升著火，人們一邊跳舞，一邊唱歌，在戶外烤

肉，吃豐盛的料理，喝溫熱的紅葡萄酒和蘋果酒、吃著可口的蛋糕，好像太陽永遠都不會消失在冬日的山頭般，舉行著盛大的派對。

──如果在那天進行攻擊的話……。

評議會結束之後，布拉尼克把科學大臣叫進了辦公室。

「大臣！真是好久不見了。把那邊的窗子關一下，請坐。」

科學大臣非常討厭這裡，本來他指望在飛船在飛行測試之後，可以私人使用一次，但因為布拉尼克獨裁地對薩利亞進行攻擊，這個心願一直無法實現。他向軟禁的孩子問了好幾次洞窟的所在地，卻總是得到「不知道」這種答案，而且也得不到好的解決辦法。大臣心裡非常反感，但表面上仍盡力顯得平靜、有禮的樣子。

布拉尼克注視了大臣一會兒後說道：

「最近好像都沒有看到你發表任何看法。工作進行得順利嗎？聽說這陣子有名男孩住在你那裡……。」

「是的，布拉尼克總統，那是我的外甥。」

「嗯，這樣就好。好好照顧年輕人是對的，不過可不要讓他變成

你工作上的阻礙。」

布拉尼克像冰一樣冷酷的聲音中，充滿對大臣行為的疑慮。布拉尼克一直注視著滿臉不知所措的大臣。

「總而言之……改天歡迎你帶那位男孩來玩。此外我今天想問你一件事情，如果飛船墜落會變成什麼樣子？」

「飛船墜落？這怎麼可能！飛船絕對不會墜落或是……。」

「所以我只是問，如果墜落的話會怎麼樣，請你回答我！」

大臣想了一會兒。

「應該會發生大爆炸吧。而且那將會是這個世界上從未有過的大爆炸。應該是像太陽朝著地球生下孩子那樣，非常可怕的爆炸。」

布拉尼克聽到後，暗自竊笑著。

「原來如此……，跟我想的一樣。那麼可能因為某種事故而發生爆炸，不就可以故意引發爆炸了嗎？飛船上有原子引擎，你說那個原子能量會產生大爆炸對吧，如果故意讓原子引擎從高處落下的話……。」

……」

大臣的臉瞬間刷白了臉。那麼可怕的事情，大臣當然連想都沒想

過。

「原子彈……！」

科學大臣小聲嘟噥著。

「沒錯，沒錯，就是原子彈！我們要在魯桑丟下一顆原子彈！事實上我就是想叫你做這件事，才把你叫到這裡來。一定要趕得上冬至祭典……。懂了吧？」

「可是，總統！」

布拉尼克沉默地在窗邊眺望著金蛇隊總部的中庭。中庭的角落立著一把垂吊著的鎖，和與人的背一樣粗的四角形柱子。

「你知道那根柱子為什麼存在嗎？每天早上六點，那根柱子都會完成一個大任務。怎麼樣？你要不要哪天早起過來看一看呢？」

布拉尼克站在窗邊，冷冷地看著大臣。

「去吧！在冬至之前把原子彈給我做好！」

大臣的心中暗忖，

——這個國家裡能做出原子彈的，只有一個人，那個人就是我。

不過起碼在完成這個可怕的工作之前，我的生命都是安全的。

第十九章

「哇，你還在讀書啊？我想你應該知道那是本很難理解的書，對吧？」

洪亮的聲音在寂靜的書房裡響起，那傢伙放下厚厚的物理學，抬起頭來微笑著。

「嗯，雖然很難，不過好像漸漸能看懂了。」

一頭白髮的男僕馬拉克正站在書房的入口。

「飯已經準備好了，請趕快過來用餐。」

「好。」

那傢伙把書闔上，放回原來的地方。

雖然那傢伙的腦子裡滿是讀書及煩惱，但當梅亞麗做的起司洋蔥派的香味從走廊那端傳來時，那傢伙的肚子還是忍不住咕嚕咕嚕地響了起來。

――等一下再讀吧，現在肚子好餓……。

秋天已經過去了，外面是冷到結冰的冬天，但家裡有暖爐和暖氣，所以十分舒服溫暖。那傢伙一直被科學大臣軟禁在家裡。

不過，最近大臣幾乎都沒回家。那傢伙總是和廚師梅亞麗和男僕馬拉克，一同在廚房裡用餐。

大臣最近忙到無法回家的原因，只有布拉尼克總統、大臣和那傢伙知道。

為什麼那傢伙會知道呢？因為那傢伙可以看到在大臣眼底生成的妖怪。當他在大臣眼底看到那個狠毒的武器時，那傢伙曾經想過要逃走。可是當他知道那個武器能夠在一瞬間消滅大量的人類和動物時，他便無法置身度外地自顧地逃走。

――一定要做些什麼才行……。首先得把它的真面目查清楚。

那傢伙住在大臣家裡，為了弄清楚妖怪的真面目，每天都在大臣的書房裡學習物理學。

雖然十分辛苦，不過在那傢伙孜孜不倦的苦讀之下，也逐漸學會了。

不過，他真的很想飛到某個地方，到只有動物們的世界去住。動物們絕對不會想出那樣可怕的武器。少年的眼中閃過了心臟山的熊媽媽、熊爺爺和熊弟弟的身影。如果只想到自己，逃走是很簡單的。可是那傢伙卻沒辦法逃走。

「請把牛奶喝了。」為什麼在發呆呢？」馬拉克說道。

在充滿鄉村風格石壁的廚房裡，白松木的餐桌上放著起司和洋蔥派、連皮一起煮的新鮮馬鈴薯、牛奶、奶油、烤好的麵包，還有藍莓水果塔。在兩位大人前面，還有在井裡冷卻後裝在咖啡色陶器裡的蘋果酒。

梅亞麗看著那傢伙的臉。這孩子的臉比他剛到這個家來的時候蒼白得多。這讓梅亞麗的心裡隱約地有些難受，就好像是自己在廚藝料理上的自尊受到了傷害。

「一直讀書對小孩子來說，絕對是不好的。主人也說過很多次了，請你到外面去玩！我會做很多好吃的派和蛋糕給你吃喔！」

馬拉克向她打著暗號，大臣曾經嚴厲地命令，視線絕對不能離開這孩子，更不可以讓他離開家裡一步。

梅亞麗的臉因為不悅而稍微脹紅了，恨恨地開始吃起派，一個勁地嚼了起來。然後咕嚕咕嚕地喝下一整杯蘋果酒。她注視著馬拉克說道：

「或許我只是個平凡的女性，或只有誠實這個優點的笨女人。國家的秘密也好、政治也罷，那些事情我根本不懂。但是我知道讓男孩子一步也不能踏出家門，是一件很過分的事情。男孩子去爬樹、追著蝴蝶跑、到河或池裡抓小魚等，都是理所當然的。這個孩子好可憐。馬拉克先生，也許你覺得無所謂，但我無法忍受那些總是到處亂竄，大搖大擺的金蛇隊機車兵們。他們把自己當成什麼？國王嗎？把吃飯視為理所當然，盤子就這樣放在外頭……。如果不想點辦法，我就不幹了！這個家已經不像一個家了！想當初，主人對那個布拉尼克……。」

馬拉克怒視著梅亞麗。

「梅亞麗，夠了！說那些話是很危險的！」

梅亞麗沉默起來。馬拉克站起來，把那傢伙的頭髮揉的亂糟糟地說道：

「我會試著問問主人，禮拜日我會去釣魚。我會問他是否可以帶你一起去。梅亞麗，你煮的東西很好吃，謝謝妳的招待。」

馬拉克微笑著，回去做自己的工作。

脹紅著臉的梅亞麗也站起來，把髒碗盤拿到洗碗槽用熱水沖了起來。

——梅亞麗小姐的屁股，比熊媽媽的屁股還要大啊……。

那傢伙一邊吃著藍莓水果塔，一邊這樣想著。他想起了心臟山的熊媽媽，不過馬上就因為腦子裡的妄想而感到害羞，匆匆地把點心吃完了。

那傢伙把自己的餐具送了過去，拿了擦盤子的毛巾，開始幫起梅亞麗的忙。

「你真是一個好孩子。在這樣的家裡不要待太久比較好喔。主人的母親以前還活著的時候，還很好的……。你沒有其他地方可以去，對吧？要不然就到我家來吧，雖然空間很狹窄，不過孩子們長大了之後，一定會到別的地方去。只有我先生跟我，還有三隻貓、一隻狗、一頭牛、和二十隻雞。如果是像你這樣的好孩子，我隨時都歡迎。我

也一定會讓他去學校上學。而且每天都會做好吃的東西給他吃。」

不知道為什麼，那傢伙突然悲從中來，他把臉埋進梅亞麗的圍裙裡，放聲哭了起來。

「好啦，哭也沒關係的。男生不可以哭是騙人的，就盡情地哭吧。」

梅亞麗用她肥肥的手腕抱著那傢伙，用紅咚咚的手撫摸著那傢伙的頭。

這三個月以來，大臣的時間雖然幾乎被原子彈的發展所佔據，可是那個秘密洞窟總在他的腦中徘徊。偶而在很晚的時候回家去，也一定會把那傢伙叫醒，問著同樣的問題：

「那個洞窟……有著短刀的那個洞窟，到底在什麼地方呢？你倒是告訴我呀！那附近的景色是怎麼樣的？只要是你想得起來，任何事都可以，試著說看看！」

雖然大臣試過各種方法，想從那傢伙身上問出什麼，但那傢伙總是顧左右而言他。

每次都會惹得大臣生氣，但是不知道為什麼，只要看到那傢伙清澈無辜的雙眼，不悅的情緒就會消失得無影無蹤。那傢伙的雙眼就像平靜的春雨一樣。

某天，那傢伙坐上大臣的車到市內綜合醫院。

原子彈的藍圖終於完成了，大臣把它放進自己的公事包，小心翼翼地隨身攜帶。明天開始要加快進行原子彈的製作。

大臣關心的重點又回到洞窟裡的短刀上。

——如果讓這個孩子注射測謊藥，他一定會說出洞窟的事。這樣那個黃金龍子民的長刀和短刀，就可以到手了。搞不好還可以發現其他寶物也說不定。如果順利，我就會變成世界上最有錢的富翁。只要有錢的話，什麼事都辦得到了。

大臣這樣那樣地暗自盤算著。

但是，大臣的夢想卻在革命者的砲彈聲中，一夕之間蕩然無存。

兩側的山上，大砲、機關槍和手槍的歇斯底里大合唱，好像一萬

隻發瘋的烏鴉呻吟聲一樣響。

這是在大臣從家裡到醫院的路上所發生的事情。寂靜蜿蜒的田間小路，一瞬間被火藥的味道籠罩著，大臣車子的車窗玻璃上，出現了無數個令人毛骨聳然的痕跡。就好像瘋狂的蜘蛛舞蹈所留下的割痕一樣。

數以百計的鉛塊貫穿了大臣的車和大臣的身體。

在那地獄的樂曲中，大臣的身體因為痙攣，好像傀儡戲偶一樣地，持續微顫了好幾秒鐘。

「好可怕！好可怕！」

那傢伙趴在那輛可怕的車子裡，無意識地叫喊著。周圍充斥著革命者發射子彈的嘶吼。

就這樣躲了一陣子。

大臣、司機，還有六個機車警衛兵，所有人都死了。

這樣強烈的聲音和武力，那傢伙從出生以來首次嘗到了恐怖的滋味。

然後不可思議的現象產生了。

就連那傢伙自己也沒有注意到，身體的周圍突然產生了眼睛看不

見的薄膜。這對那傢伙而言，是前所未見的經驗。沒錯，因為這個驚嚇，那傢伙的超能力開始自動防禦，身體四周產生了像是透明貝殼一樣的磁場，保護了自己。

這層子彈無法穿透的薄膜，保護了那傢伙的身體。

那傢伙原本以為是因為自己身體瘦小，才能躲過子彈的攻擊。大家被攻擊的時候，那傢伙一直摀著耳朵尖叫著，當時的眼睛也是閉上的。

大臣的靈魂從身體裡飄了出來。

「哪裡……哪裡……哪裡……。」

大臣用像小嬰兒一樣的哭聲，問那傢伙要到哪裡去才好。

「乘著風到遠方去就可以了。那裡一定會有什麼的……。」那傢伙小聲地說著。

「哪裡……哪裡……哪裡……。」

大臣的靈魂，消失在風裡。

第二十章

　　手上持有武器的男子們出現了，他們把滿是彈痕的車子團團圍住。一共來了十幾個人，拿著步槍、機關槍、手槍、手榴彈等武器，接近大臣的車子。

　　「注意！只要有任何東西在動，就攻擊！」

　　滿臉鬍子的男子打開車門檢視裡面的情況。他將大臣的屍體拉了出來。他接下來打算把俯伏在地上的孩子給拉出來時，男子的手燒傷了。

　　「好痛！這個混蛋！這傢伙身上有電還是什麼的。把手榴彈借我！搞不好他還活著呢，這傢伙。」

　　「等一下！」

　　黑鬍子的領隊說道。

　　「等一下再攻擊！」

這一次領隊對著車子裡喊道。

「喂，如果還活著的話，就像個大人給我滾出來！」

男子們手上拿著武器等待著。

「⋯⋯搞什麼嘛。只是個小孩子！」

那傢伙從車子裡戰戰兢兢地走了出來。背靠著車體，看著有著可怕表情的男子們。

一大群游擊隊員的憤怒，反射在那傢伙身上所殘留的微弱薄膜上，在車子的黑色烤漆上燒出了像水泡般一粒粒的痕跡。

「這小子不就是那時被我們抓到的那個小子嗎？喂，是你沒錯吧！」

黑鬍子的領隊盯著那傢伙的臉說道。

那傢伙之前被革命黨員帶到醫生家地下關起來時，他正是當時其中一名。

那傢伙注視著游擊隊隊員們嚴厲的臉，自然地讀出了他們的心。

等他們冷靜下來後，那傢伙說道：

「叔叔你們錯了。我沒有對任何人說過醫生家地下室的事情。我

不是叛徒。我是被金蛇隊的可怕叔叔抓走的，之後就一直被軟禁在科學大臣家裡。我破壞了醫生家裡的門，很對不起。可是，我真的很討厭那個地方，所以才破壞了門逃走的。」

那傢伙先回答了游擊隊員們打算問他的問題。剛剛的懼怕現在也已經消失了。

聽到那傢伙的辯解，黑鬍子的游擊隊領隊說道：

「這傢伙是個戴著惡魔面具的鬼！」

領隊扣緊了板機，

「去死吧！」

當人類抱持著憤怒和怨恨時，那傢伙當然也能窺視出他的心，他說道：

「我並不怕死。不過，叔叔你錯了，你有著錯誤的怨恨。我知道你為什麼會抱持著這樣的怨恨。」

領隊瞬間大吃一驚，看著那傢伙的眼睛。那是雙溫和且溫柔的眼睛，那傢伙連領隊內心的最深處都看得一清二楚。

——他的弟弟拿著自己買給他的空氣槍玩耍時，被金蛇隊的砲彈打死了。這件事情在他的心底留下了很深的傷痕，所以他想殺了所有和金蛇隊有關的人。

這時領隊馬上回過神來，

「閉嘴！閉嘴！你這噁心的魔鬼！」

黑鬍子的男子瞄準了那傢伙的額頭。

「住手！」

一名叫做雷尼克的男子，從後面擠了過來。

「不要攻擊那個孩子！那個聲音！就是那個孩子的聲音啊！」

雷尼克用一種不可置信的表情看著那傢伙。

「就是你吧，我的腳染上壞疽的時候，是你救了我的命……。」

那傢伙點了點頭。

黑鬍子領隊手上拿著的槍，距離那傢伙額頭約有五十公分。那槍口就像黑色的小眼睛。那傢伙看著它時想到：

——所謂子彈這種東西，不過是鉛和銅凝固而成的，一點都不可怕。可怕的是那個發射子彈的能量。而這個男子也不可怕，可怕的是

驅使他的憎恨和憤怒。憎恨也好、憤怒也好、愛也好，只要是感情，都具有強大的能量。

黑色的小眼睛開始震動著。游擊隊領隊的額頭上開始冒出了汗珠。

就在那時，敏捷的雷尼克站到了那傢伙的前面。

「等等，不要攻擊！別攻擊！」

雷尼克單手拿著步槍，用另一隻手將腰帶上的短刀拔了出來，然後唰地一聲把自己的褲子割了開來。

「你們看，我這隻腳！幾乎沒有受傷的痕跡留下來。」

雷尼克喚著旁邊的年輕男子。

「提比諾斯，你那天晚上也在對吧？我當時被達姆彈攻擊，沒錯吧？我當時已經不行了，所以叫你先逃走，對吧？你說啊！提比諾斯！」

提比諾斯開口回答，

「是真的。那天晚上雷尼克確實被攻擊了。大腿的肉和骨頭都嚴重粉碎了。那樣的傷，當時我也認為他應該是活不成了。」

「就是那樣。金蛇隊監獄裡那些奸詐狡猾的傢伙們，曾經說過

『如果你不好好處理的話，就撐不到死刑執行的日子了。』這種的玩

笑話。這隻腳感染了壞疽，當時曾癢到讓人無法忍受。不過我從金蛇

隊的手中逃了出來，腳也醫好了，現在好好地站在這裡。你知道這是

為什麼嗎？這一切都是那個孩子的力量啊！」

「雷尼克，你瘋了嗎？」

黑鬍子的男子憤憤地說。

「我沒有瘋！就像隊長說過的，這孩子不是普通的孩子。他偷走

了金蛇隊軍曹的身體，也給了我自由，還治好了我壞疽的腳。如果你

要攻擊這個孩子，就先殺了我吧！」

兩位革命黨員用槍指著彼此，注視著對方。

「住手！你們兩個。」

在旁邊看到這種情形的另一名革命黨員再也忍不住地跳了出來。

「隊長好像說過，這孩子可以飛到天空中。」

「隊長已經死了，這孩子跟他無關！」

領隊生氣地說著。跳出來的男子馬上回話，

「是死了！可是，隊長是個堂堂正正的男子漢。雖然沒有人相信這孩子會飛，但他在臨死之前還強調了很多次。那麼，如果這孩子現在飛給我們看，你就相信雷尼克的奇蹟如何？可以嗎？兩位，這樣行嗎？」

在這一年間，那傢伙對於自己的飛行能力想了很多。起初他以為大家都能飛，但在他讀了書、和鳥類交談過後，才發現原來其他人並不會飛。

——為什麼不會飛呢？

而且他還注意到，自己飛翔方式和鳥類以及昆蟲不同。

——我沒有翅膀那種東西。不過和鳥類、昆蟲一樣，我看得見風。只要想乘著風，我就能飛。就是這樣！我就是靠著那種想要乘風的能量，而能飛的。

那種想要乘著風的能量，使那傢伙比一般人都強。其他人只能在夢中飛翔。可是那傢伙卻可以真的擺動身體飛翔。

——如果我現在飛不起來，就會被殺。不只是我。連這個雷尼克叔叔也會被殺。這樣實在太可憐了……。

「我現在就飛，鬍子伯伯。如果我能飛，你就會相信我嗎？」

黑鬍子的領隊拿著槍，不發一語。

那裡的田間道路是沿著山谷間開闢的。兩側有森林，流動著涼爽的風。那傢伙看見了那陣風的流動。包含了森林的樹和溪谷的風。

那傢伙啪噠啪噠地揮動雙臂，飛到了革命黨員的頭上，乘著山谷間的風飛到森林上頭。

革命黨們驚訝地說不出話來，那傢伙飛回來後，黑鬍子的男子立刻丟下武器，跪在地上不發一語。

雷尼克興奮地說：

「我說的，和死去隊長說的……，你們現在終於相信了吧？剛剛那可不是錯覺。」

黑鬍子領隊雖然還想說些什麼，卻發不出聲音來。雖然他很懷疑

眼睛所看見的，但實際上，這雙眼睛剛剛確實看見那孩子在飛。事實

俱在，已經沒有可被懷疑的餘地。

雷尼克提高音調，像是在哭：

「這不是眼睛的錯覺，這孩子是神的使者，這孩子是來幫助我們

的，你們難道還不了解嗎！」

「……」

領隊下定決心似的走到孩子面前，跪著說道：

「請原諒我，請幫助我們，拜託你。」

那傢伙很困擾，不知道該說什麼才好。不管如何那傢伙都還只是

個孩子，無法確實地表達自己的心情。

「可是，叔叔們做的都是壞事不是嗎？殺人、破壞車子……。」

──是為了平息戰爭而殺人？還是為了和平而戰爭？

那傢伙實在無法理解這種矛盾的想法。可是，飛船絕對不能存在

於這個世界上。一定要阻止這次攻擊魯桑的計畫。

這時突然聽到了大卡車的引擎聲。

「快！拿著大臣的包包和士兵的武器！快逃！金蛇隊來了！」

游擊隊的領隊喊著。

游擊隊們和那傢伙逃進了森林裡，為什麼要和革命家們一起逃，就連那傢伙自己也不知道。

不過，那傢伙的命運，確實和這場革命緊密相連。那傢伙為了革命而決定參戰。

革命黨員像偽裝的狼一樣逃走。那傢伙如果是以前，還得要大人帶著走不可，可是他現在卻像羚羊一樣，跨過草，跨過倒下的樹枝，跨過石頭、小溪，精力充沛地奔跑著。

第二十一章

那天晚上下起了雪。

雖然金蛇隊派出偵查犬去追他們，但他們留下來的足跡和味道，全都消失在雪裡。狗兒們的長嘯聲也逐漸遠去。

森林像蓋著一件白色的毛毯，四周一片寂靜，連一點聲音都沒有。

那天晚上他們在洞窟裡過夜。這和心臟之山深處的溫暖洞窟不同，大家肩靠著肩躲在洞窟裡。沒有食物，也沒有火。

黑暗中的喬木上只有貓頭鷹在叫著。

咕……咕……咕……。

游擊隊領隊以手電筒發出的微弱光芒，粗魯地在科學大臣的包包裡翻找著，同時嘀咕著說：

「真不懂，最近飛船都沒有飛了，是故障了嗎？這是什麼？好像是機械的設計圖，上面好像還有公式，這到底是什麼機械呢……？」

「飛船並沒有故障，叔叔你現在在看的，是一種新武器的藍圖。大臣在死之前，把他所有的心力都投注在這種武器的開發上頭。」

「新武器？」

「沒錯，那是強大得不敢相信的炸彈，是很可怕的東西。投下它可以破壞一整個大城鎮。」

擠在狹窄洞窟裡的男子們，在黑暗中面面相覷著。

「不過，那個武器還沒有做出來，目前還在研發階段，才剛剛要開始製造。雖然有點可憐，但我想大臣是因為製造了這麼殘忍的武器，所以才會慘遭報應，被殺害的。」

那傢伙這麼說著。

「可是即使沒有炸彈，布拉尼克還是打算要攻擊魯桑。就在這次冬至……。」

游擊隊領隊的心噗通噗通地跳著。冬至！魯桑一年裡最重要、最盛大的祭典！

「因為冬天應該不會有干擾雷射砲的霧……。」

那傢伙這麼說。

「你為什麼連這種事情也知道……。」

雷尼克發問道。

「這些事情全都寫在大臣的眼睛裡。」

領隊一邊晃著頭，一邊說道：

「也就是說，人們心裡所想的事情，你都知道囉？」

「嗯，而且當人們憤怒或害怕時，心會變得更容易讀。大臣總是提心吊膽地過日子。」

領隊雙手抱著自己的頭。

——為了暗殺科學大臣，我們一直埋伏著。如果運氣好，或許還可以知道一些有關飛船故障的事情，所以才偷了這份重要文件，同一天還襲擊了大臣的家。除了我們游擊隊之外的其他革命團體，也把大臣書房裡的金庫爆破了，偷走了裡面的文件。

不過如果這個孩子的情報正確，所有的革命計畫全都為時已晚。

如果魯桑被擊破，薩利亞就會被滅忙，金蛇隊將攻佔薩利亞。這樣我

們在魯桑設的中央秘密基地也會被發現……。

距離攻擊只剩五天了。即使是夏天，越過山頭到魯桑也要花一個禮拜，更不要說是現在這種季節了，完了，沒時間了。

「一定要盡早讓魯桑知道才行……。」

雷尼克說道，黑鬍子的領隊痛苦地回答說：

「沒辦法！冬天的山路窒礙難行。而距離冬至只剩下五天了。」

「那麼該怎麼辦才好呢？」

「可以在飛船上裝置爆裂物……。」

聽到這句話，那傢伙插嘴說著。

「叔叔！絕對不行。那樣做會造成巨大的爆炸。飛船的引擎是以原子為動力。如果使它爆炸，引擎的能源會在一瞬間被消耗掉，那樣會造成數十萬人的死傷，太危險了。」

游擊隊員們一開始不懂那傢伙在說些什麼。

那傢伙拼命地、慢慢地開始解釋起來。

有關原子能源的構造、原子爆炸的可怕威力、放射線會造成的重大疾病等，他耐著性子仔仔細細地說明著。

聽完後，大家沉默了很長一段時間，所有的人都掉進了深層的憂鬱裡。

此時黑鬍子的領隊以強硬的口氣說道：

「除了攻擊金蛇隊的總部，別無他法。雖然武器和人員都不足，但真的別無他法了。」

其他的男子沉默地點頭同意。

其實他們原本打算在明年春天集結國內的其他革命團體，一起策動革命行動。之前應該要全力地走私武器，結合南蠻島的反抗勢力，再發展成內亂才對。

那是讓布拉尼克軍事政府徹底瓦解的好機會。

那傢伙的煩惱和心裡的苦悶，越來越嚴重了。尚未做好戰爭準備的游擊隊們，如果現在就發難，失敗的可能性非常高。至少死傷的人數絕對會超過預期。

——該怎麼辦才好呢？一定要破壞那艘飛船！不過要怎麼做……？大臣已經死了。他並沒有告訴任何人有關原子引擎和雷射砲的祕密。那些重要文件目前正在這群革命黨員手裡。如果現在就破壞飛

船，這問題就解決了。可是到底要怎麼做才好呢？

大家花了很長的時間不停地討論著。外頭的雪停了，天氣又更冷了些。由於大家實在太累了，於是就這樣穿著衣服和褲子，抱著武器，靠著彼此的身體入睡。

可是那傢伙睡不著。他一邊聽著那些男子們的鼾聲，一邊想著心臟山的事情。

——熊媽媽還好吧……。弟弟應該也長大了吧……。如果現在再和我比賽摔角，弟弟應該可以贏得很輕鬆……。如果當時我聽了熊爺爺的話就好了……。

那傢伙很想要尿尿，於是悄悄地跑到外面用尿在雪上畫圖。這時突然從後面傳來了低沉的聲音，並且拍了拍他的肩膀。

「是不是在雪上寫名字啊？」

領隊站在那裡笑著。他也在那傢伙的旁邊，撒了很大的一泡尿。

那傢伙尷尬地搖了搖頭，急忙地停下來。

這個時候，清澈的空氣裡傳來狐狸的叫聲。

「啊！好可憐喔。」

那傢伙喃喃地說著。

「什麼東西很可憐？」

「雉雞。剛剛狐狸把雉雞殺掉了。」

「為什麼你會知道呢？」

「狐狸剛剛是這麼說的，『再等一下，已經抓到吃的了，馬上就回去了。』」

「原來如此。」

領隊抓了一把雪洗了洗手。

「對你來說也許很可憐，但對於狐狸來說，那可是一頓豐盛的佳餚呢。」

「嗯。」

「今天……實在很不好意思。請原諒我。」

領隊把粗壯的手放在那傢伙的肩膀上，

領隊不知道要用什麼態度來對待這個孩子才好。

那個孩子在天空中飛翔時，他曾以為這孩子是神。可是剛剛看到

他用尿在雪地裡畫圖的樣子，又跟一般男孩子沒什麼兩樣。他只不過是個會飛的孩子罷了，而且還會讀懂人心、聽得懂動物的話。真是個不可思議的孩子啊！

「你……為什麼會飛呢？」

那原本很難解釋。雖然對那傢伙來說，這比起原子彈或是原子引擎的結構要簡單得多，但卻沒有適當的話可以說明。

「我想是因為我看得見風，所以能飛吧。」

這句簡單的話深深地刺進了黑鬍子的心坎裡。好像多少能懂，同時他也開始明白，自己離死期已經不遠了。

「我……看不見風。」

他用一種悲傷的聲音喃喃自語著。

那傢伙仔細思考後說道：

「我認為看不到本來就不該看見的東西，並不丟臉。不過如果就這樣認為，不該看見的東西並不存在，那就是一件可悲的事情。」

那傢伙的語氣強硬了起來。

「看得到本來不該看見的東西的人，有著特殊的力量。這種力量

究竟是什麼？我無法說明。不過我不會因為沒有言語可以形容它，就說它不存在。我看得見風。叔叔，也許你現在看不到，不過那也無所謂。不過你不會因此就說沒有風這種東西，對吧？」

領隊搖了搖頭。

那傢伙握著他的雙手，一直注視著他，然後用一種溫柔的語氣說道：

「叔叔，沒有什麼好怕的。看著我的臉，你就會明白。」

經歷過無數戰爭且殺人無數的黑鬍子，突然被恐懼所包圍……。

當那恐懼逐漸遠離後，他的心感受到了許多年來未曾有過的平靜。

「叔叔，去睡吧！」

「謝謝……。」他嘀咕著。

在那傢伙的臉上，他清楚的看到了死去的弟弟的臉。

那傢伙牽著領隊的手，往洞窟走去。

雪持續下了一整夜，逃到洞窟的革命黨員的足跡，已經消失得一

乾二淨，取而代之的是清楚地描繪在新雪上的各種動物們的蹤跡。

天亮了，兩個男子肩上扛著大砲走出了洞窟。現在必須回到鎮上，和其他的革命團體取得聯繫才行。要是全體一起行動的話，很可能會被金蛇隊發現。於是他們以兩人為一組，陸陸續續地走了出來。

「喂，那兩個人，沒問題吧？」

一個大男人向領隊問道。

「沒問題。那兩個人本來就是搭檔，那些傢伙對這片森林可是瞭若指掌喔。應該不會被金蛇隊發現的。」

壯碩的大鬍子領隊仰望著天空說道。

「嗯⋯⋯雪停了。小心別留下足跡。如果能再下場雪就好了⋯」

「⋯⋯。」

在旁邊的那傢伙小聲地嘀咕著說：

「還會再下的。」

「嗯？」大鬍子領隊發出了疑問。

「叔叔，還會再下的。沒問題的。只要過了中午，雲就會從西北邊的山裡飄過來，帶來大量的雪。」

「咦？你爲什麼會知道呢？」

那傢伙用手指了指樹上。

「因爲白臉山雀們一邊拼命地吃著樹的果實，一邊談論著即將降下的雪。現在我們的上方，有著濕冷的、乾燥的、難以形容的藍灰色、帶著雪的風在流動著。」

領隊搖著頭說。

「反正我是不會懂的。真的會下嗎？」

那傢伙點了點頭。

「是的。」

他指著兩個男子說道。

「好，我明白了。在傍晚前，你，還有你，兩個人出去吧。不要走相同的路。小心埋伏。」

兩個男子齊聲回答。

「明天早上，我會帶著這小子到城鎮去。之後每隔三十分鐘，每次兩個人依序出發。懂了嗎？」

大家點了點頭。

「雪大概會下幾個小時呢？」

「會下一整天。」

聽到那傢伙這麼回答，領隊放心地說道。

「大家都很冷吧？肚子應該也餓了……。不過，雪可是擁護著我們革命命者的！大家加油吧！」

笑容回到了男子們的臉上。可是那傢伙卻十分悲傷，因為他知道，雪沒有擁護誰，也不是任何人的敵人。雪是海的孩子、風的孩子、山的孩子，冰河和冰山的親人。這種不起眼的人類戰爭，雪是不會在意的。

那傢伙再次傾聽著白臉山雀們的對話。

「這裡，這裡，這個樹枝！有好多唷。真的好多唷！雪要來了，雪要來了。快點！快點！」

山雀一邊用高音說著，一邊在紅紅的莢樹的枝頭上開著宴會。

那傢伙也摘了兩三個紅紅的莢樹果實來吃，那是一種酸酸甜甜、富有變化的味道。

「那種東西不會有毒嗎？」

看得見風的男孩

232

一名男子問。

「不會，相反地還很好吃唷。要不要吃一個試試看？」

男子搖了搖頭。

「我們必須吃肉。不吃肉的話就不會有力氣。」

「對啊，對啊！要不要抓一隻兔子什麼的。」

那個男子作勢要用槍瞄準兔子。

「你給我試試看！」

領隊用恐怖的臉怒斥著。

「我相信金蛇隊會很高興地飛奔過來的。」

「我知道，可是肚子快餓扁了。如果有肉的話……烤肉……。」

那傢伙忽然起了雞皮疙瘩。很久以前在洞窟裡發生的事情，一一浮現在眼底。

如同那傢伙預言的，開始下起了雪，安安靜靜的雪。森林的聲音好像被棉花包了起來。呼！好安靜。早上時動物們活動的足跡全都消失了。往城鎮方向走去的男子們的痕跡，也隨著這場雪而消失了。

那傢伙的心中，好像有個地方被荊棘刺到一樣。洞窟的對面好像

有個聲音在呼喊著他。不！與其說是在叫他，不如說是有什麼東西，想要進到那傢伙的心裡。

大部分的時間裡，革命黨員們用疲憊又憔悴的臉呼呼睡著。看著這些男子的臉，那傢伙開始覺得自己好像是個大人，而這些男子反而像個小孩子。

那傢伙從比雪還要安靜的洞窟裡走了出來。那傢伙的頭髮變得和老爺爺一樣的雪白。嬌小的老爺爺比雪還安靜地走著。即使從睡著的兔子旁邊經過，兔子們也完全沒感覺。

在這個國家的森林裡住著稀有的山貓。這種山貓能在雪地裡快速奔跑，一點都不怕冷，而且擁有比普通山貓更粗大的腳。牠也有淺灰白色的毛皮、琥珀色的眼睛和有鬃毛的耳朵。即使是比母鹿還要大的動物，山貓也能輕易地用銳利的爪子和牙齒殺了牠們。山裡的人都說，帶著孩子的山貓比熊更恐怖。

這種既美麗又可怕的動物和那傢伙不期而遇了。山貓的前腳，有個五顏六色的東西橫躺在那裡。牠一動也不動，那傢伙停止了呼吸。

「血！是血！」

雪地上有著血。

「啊……。」

那傢伙嘆了口氣。

「雉雞……好可憐。」

琥珀色的眼睛閃著火光。

「有什麼好可憐的。」

山貓緩緩地站了起來，尾巴的前端看起來刺刺的。但是那傢伙並不怕。

「雉雞好可憐。」

「雖然這麼說沒錯。因為這隻雉雞還有老婆和許多孩子。」

「好過份……。」

「會嗎？他的老婆和孩子已經不需要他了，可是我的老婆和孩子還需要我。因為我會帶好吃的東西給他們吃。」

山貓打了個大大的哈欠，舔了舔右腳，把臉洗了洗。

「你的朋友，那個金鶯也一樣吧？你怎麼不說他抓了多少隻雉雞呢？」

第二十一章
235

山貓抓了抓雪。肩上像絲綢的肌肉如漣漪般的鼓起來。

「你看，看看這雪的下面！」

那傢伙靠了過去，蹲下去看著。枯死的樹木的葉子底下，長出了許多的新芽。

「照這樣下去，這些植物的孩子在這個春天就會成為漂亮又高大的花草。可是，這些孩子也都會被雉雞吃掉。而我和我的孩子，則吃掉雉雞。這有什麼不對嗎？」

山貓一直注視著那傢伙的臉。砰的一聲，把死掉的雉雞丟到地上。

「把這個拿回去，給那些男子們吃吧！」

「為什麼……？」

「烏鴉告訴我，我的老婆抓到了三隻兔子，我們一家有那些就夠了。」

「可是，山貓先生你為什麼會麼做……。」

「因為，你只看得見高處的風。低的地方，甚至是靠近地面上的地方，也都有著各種的風。再多看看吧！那些風也能教會你一些事

情。快走吧！」

山貓說完，往旁邊一跳，咻地一聲消失在松木之間。

回到洞窟的那傢伙，雖然看起來好像大禍臨頭的樣子，但他仍然沉默地把死掉的雉雞，遞給了領隊。

「山貓給我的。」

「怎麼了，這個？這不是剛剛才捕到的嗎？」

「這小子真厲害。」

「叔叔，有肉。」

男子們都笑了。

「山貓？」

「很會開玩笑嘛，哈——哈——哈。」

那傢伙的手上沾了些血，他把手插進雪地裡。

領隊看著飄落的雪思考了一會兒。

「生個小小的火應該沒問題吧。不過不要使用濕掉的木頭和活的樹枝。」

男子們發出雀躍的聲音，出去找烤雉雞用的木頭了。

「雉雞先生，對不起。」

那傢伙喃喃自語著。

那傢伙當然明白，雉雞小小的靈魂已經飛到很遠的地方去了，可是雉雞的肉，感覺起來就像是自己的肉一樣。

「雉雞先生，謝謝。」

那傢伙重新說道。

第二十二章

城鎮裡發生了激烈的暴動。這個暴動是由革命黨員們發動的，不過也有許多憤怒的市民自動加入了暴動。

那一天，那傢伙第一次發現，人類的感情原來也是有顏色的。

在磚造的總部前，排成兩列的軍隊正持槍備戰著。一名指揮官把手槍舉向空中，開了一槍。

「各位市民，通通給我回去！不馬上從這裡離開的話，我就要下達射擊命令了！」

總部前聚集了數萬名市民，大家的口中都高喊著反對軍事政府、反對戒嚴令和布拉尼克的口號。

當中有幾個人開始丟起了石塊。突然間，金蛇隊開始向群眾們開槍。

就像是被丟棄的洋娃娃一樣，人們散亂地倒了下來。由於驚嚇和

害怕，大家開始逃跑，但金蛇隊的槍擊聲依舊持續著。

那傢伙也在現場。剛開始，他也和大家一同逃跑，但當他稍微回頭看的時候，在金蛇隊的行列上方，他看到了一種由紫色、紅色與綠色混雜而成，像朦朧的霧一樣的東西。

「啊！軍隊裡所有的人，心中都在害怕著，那是恐懼的顏色。」

那傢伙停在道路的正中間，手指著金蛇隊，高喊著：

「軍隊裡的人都在怕！」

另一個男子叫著：

「沒錯！這孩子說的話沒錯。大家，別逃啊！那群人雖然拿著武器，但我們的人數比他們更多，不是嗎？反過來擊敗他們吧！」

看到那傢伙一個人站在路中間的樣子，許多人都不逃了，鼓起勇氣朝金蛇隊的行列突進。混雜在人群裡的革命黨員們的心裡，有一種沉重的感覺。

以自己的力量攻擊金蛇隊幾乎沒有勝算，所以才決定利用市民暴動來掩護。領隊早就把有多少的市民會因為這場暴動而死亡的事，拋諸腦後了。

「喂，各位！該我們上場了。」

領隊在大貨車的後頭準備著槍，催促著心情沉重的革命黨員們。

穿著黑色制服的金蛇隊的行列，終於被人海衝破了，也死了一些人。大多數軍隊的武器都被奪走，剩下來的則逃到金蛇隊總部裡去了。

忽然間，從磚造的建築物的窗戶中，金蛇隊開始了連發槍擊。這時已經從暴動變成了正式的戰爭。

人們的叫喊聲，機關槍的低吟和手槍的擊發聲，手榴彈的爆炸聲，受傷的人的呻吟聲，各種戰爭的聲音，在那傢伙的心裡沉重地響著。

——這不是模擬戰爭……。這是真正的戰爭！

從像怪物的頭蓋骨一樣的磚造建築窗戶裡，子彈連續地飛了過來。由於巨大的建築物上並排著許多的洞，從外面看過去，根本就搞不清楚子彈究竟是從哪裡發射過來的。

不過當熾熱的子彈飛行時會攪亂那裡的空氣。那傢伙看得到那個

部份。從射擊的地方到擊中的地方為止，空間中會產生一條像用尺畫出來的直線。那傢伙可以正確地告訴革命黨員們，子彈射出的位置。

「叔叔！最上面從右邊數來第十四扇窗子。還有正中間的建築物的最上面，從左邊數來第三扇窗。」

那傢伙像運動員一樣，拼命地來回移動著。把受傷的人移到安全的地方去、運送水和繃帶，他四處地來回移動著。不論是多麼危險的地方，那傢伙都去幫忙。

不過，那傢伙並沒有使用超能力去破壞任何東西，或是把人吹走。要怎麼戰鬥，那傢伙並不是很明白。雖然他會破壞石頭，但卻不想用同樣方法去破壞人類。那傢伙在這場戰爭裡，用孩子的肉體去戰鬥。

對於戰爭中的男女們來說，只要看到那傢伙的模樣，他們就安心了。

有些革命黨員開始往磚造的建築物靠近，開始朝下面的窗戶投擲手榴彈。在寬廣的黑色玄關中安裝炸藥並且引爆。接著進攻到裡面去。

戰爭越演越烈。

明明不想死卻死掉的人們的靈魂，四處徘徊著，那傢伙可以清楚地看見這一切。那傢伙的苦惱越來越深了。煙、火、爆炸、火藥的味道。痛苦、死亡、迷惘的靈魂……。那是個地獄。

不只是這個磚造建築的四周，城鎮裡也有數十萬人正在暴動著。石塊和火焰不間斷地在人們的頭頂上飛著。

某些士兵的摩托車正被燃燒著，冒出了黑色的濃煙。

金蛇隊的子彈，發出了像憤怒的虎頭蜂一樣的連續聲響，到處亂飛著。在橫躺的車子後面，革命黨們忍耐著金蛇隊的機關槍和大砲的攻擊。在那傢伙的四周、城鎮裡，死了許多的人。

最後，那傢伙也被流彈擊中了。流彈在那傢伙的肚子上開了一個大洞，那種震撼就像心窩被踢到一樣。

隨即馬上有一種無法用言語表達的痛苦……。伴隨著這種痛苦，他的眼前開始黑了起來，腦海中響起很久以前的一頭母熊的痛苦哀嚎，掉進黃金龍子民的圈套裡的母熊的哀嚎，……以前……以前……以前……以前……以前……。

那傢伙被黑鬍子領隊抱在懷裡，男子哭泣著。

在四周作戰的幾個人們，注意到那個少年痛苦的樣子，於是停止了戰鬥，聚集了過來。大家都在哭泣。

——為什麼在哭呢……？

那傢伙心裡想著，卻發不出聲音來。

「我還沒問過你叫什麼名字，可以告訴我嗎？」

那傢伙微笑著，用盡最後的力氣說道：

「從很久以前，我就沒有了名字。所以，叔叔，你叫的名字，就

是，我的名字……。」

一邊說著，那傢伙的靈魂從小小的身體中飄了出來。

正上方有個閃耀著光芒的地方。朝著那個方向，美麗又涼爽的風

正在流動著。那傢伙的靈魂看得見風。

可是，那傢伙還有事情要做。這場戰爭究竟要如何停止？之前他

一直苦思著，現在他終於懂了。

那傢伙沒有到那個閃耀著光芒的地方去。

第二十三章

從發生科學大臣暗殺事件那天開始，布拉尼克總統和他的輔佐官，就一直住在總統們自稱「龍船」的飛船裡面。對布拉尼克來說，龍船是最適合居住的地方了。

保全完善，裡頭的設備也新，每一樣都閃閃發亮著。飛船內編制的四十名組員，當然包含輔佐官在內，每一位都很忠心。

除此之外，飛船是國內最大型的武器。萬一金蛇隊輸掉了，飛船也能飛到任何地方去。飛船上的燃料足夠使用一年以上。之後應該也可以想個辦法報仇，布拉尼克這麼想著。

對於人性的黑暗面，布拉尼克是再清楚不過了。弱者如果開始被厭惡，大家也會有越來越討厭那個弱者的傾向。可是強者被厭惡的話，那種厭惡會隨著時間而扭曲成一種愛慕。布拉尼克的情況正是如此。

雖然有討厭他的人，但也有憧憬愛戴他的人。許多人被新黃金龍帝國的夢想所吸引，認同了布拉尼克的作戰野心。即使失去自己的自由，即使許多人被殺害，他們對於這些事情卻漠不關心，贊同布拉尼克夢想的人竟然越來越多。

布拉尼克自信滿滿，只要小心暗殺，布拉尼克總統的新黃金龍帝國一定可以實現！

當布拉尼克正一個人在橋上思考事情的時候，突然間，輔佐官跑過來向他行了個禮。輔佐官的臉色鐵青。

「總統！」

「怎麼了？」

輔佐官吞了吞口水。

「總統！有一個壞消息。」

布拉尼克微笑著說。

「然後？我雖然很討厭帶來壞消息的人，但我並不是一個氣量小的人。看看這身制服！這是軍人的制服。這頂帽子不是皇冠，我也不

是國王，我是一個軍人。請報告吧！如果有不好的事情發生，我們再思考如何因應。」

在布拉尼克沉著、溫和的語氣裡，藏著一把刀。

「好！那我報告了。目前總部聯絡已經被切斷了。最後的通信中，造反者似乎也已經進到總部裡了，我們的傷亡很大。」

「那麼，也就是說造反者已經攻佔了總部對吧。好，我知道了。把船長叫到這裡來。六個小時後出發。」

輔佐官敬了個禮後出去了。

布拉尼克思索著。

──如果有六個小時，那些造反者應該都放心了，搞不好還開起了派對也說不定。一定到處都是威士忌、紅酒和各種酒類。六個小時之後，總部裡應該有許多的造反者，那時看準時機，從空中把他們全部炸死……。那些傢伙們，應該也不會想到我正在飛船裡避難吧。反正那個建築已經很古老了，還是重新蓋一個更完善的總統官邸好了。

飛船的船長走進來並行了禮。

「總統！」

「六個小時後出發。」

「不過，總統。夜晚的山是很危險的。」

「你放心好了。目的地是更近的地方，不需要越過山頭。你好像還沒有聽到報告嘛，船長？造反者已經佔據了金蛇隊的總部。我們的目的地是金蛇隊的總部。」

船長一時間說不出話來。去攻擊自己的城鎮，甚至是自己的家，這是一種多麼強烈的衝擊。

布拉尼克苦笑著。

「如果是自己的身體上有了腐爛的傷口，一個軍人會如何處置呢，船長？」

船長沒有回答。布拉尼克不疾不徐地說道：

「用燒得火紅的短刀，把那個腐爛的地方切掉。雖然很痛，但那也是最有效的處理方法。你懂吧，船長？」

飛船的船長敬了個禮，說道：

「是，總統。我這就去準備。」

布拉尼克沉默地回了禮。

布拉尼克一個人站在飛船的橋上，回顧著自己到目前為止的人生。

從一個綽號是「蜘蛛」，總是被人當成傻瓜，感到孤單的男孩，到成為握有世界第一軍事權力的總統為止……。

——夢中吞下的蛇，現在在我的肚子裡策劃著什麼樣的詭計呢？

這個時候，布拉尼克突然感到一陣寒意。

——好奇怪的感覺。

三天前的雪已經全部溶化了。天空湛藍一片。不是夏天那種濃濃的藍，而是冬天那種淡淡的藍。

——雖然，外面的氣候確實蠻冷的，但飛船應該隨時保持在一定的溫度才對。

布拉尼克站了起來，準備回到自己的房間裡去。在發動攻擊之前，還要先跟白紙戰鬥呢。布拉尼克正在寫一本自己的傳記，還有自己的哲學思想的書，書名叫《黃金龍帝國的復活》。

——今日是造反者的巢穴……。然後，明天就輪到魯桑！

冬天的太陽好像剛從山裡爬出來就累了一樣，微弱地發出橘色的光芒。那光芒為了溶解地上的結霜，已經竭盡全力。所以只能靠大陸吹來的溫暖南風，讓這個國家即使在冬天，也能保持溫暖。

布拉尼克關上了房間的窗子。

——好奇怪……。這個房間也好冷。

布拉尼克濃密毛髮裡的皮膚上起了雞皮疙瘩。

——我該不會是感冒了吧……。

鋼鐵製成的房間的牆壁上掛著一面大大的鏡子。他總是十分在意自己穿軍服的樣子。

每天早上，布拉尼克會站在鏡子花三十分鐘去調整那件黑色的制服、閃閃發光的勳章、銀色的徽章、紐扣，以及雙子蛇的隊徽。之後他還會整理黑色西裝頭的分線，和修整乾淨的黑色鬍子。

「真的好冷……。真奇怪……。」

布拉尼克看著鏡子，一瞬間他的心臟好像就要停止了一樣。

那傢伙正在鏡子裡等著。

布拉尼克鼓起了眼睛，指著鏡子。

「你！爲，爲什麼會在這裡！」

鏡中的那傢伙只是微笑著。

那張臉是布拉尼克心裡的煩惱。他從肚子的最深處，發出了無聲的悲鳴。

鏡中的姿態，好像兩張重疊的臉，開始慢慢地變化了起來。變成了自己小時候的臉。

啊……，那雙哀傷的大眼睛一直注視著布拉尼克……。鏡中的姿態接著變成了現在身穿黑制服的他自己。

布拉尼克急忙地走出了房間。

「白蘭地……白蘭地……，我需要白蘭地。這只是普通的感冒……一定是最近沒睡好的關係。」

可是已經太遲了。那傢伙的靈魂已經進入布拉尼克的體內了。

由於布拉尼克性情古怪，要進入並不是件容易的事情。那傢伙和布拉尼克的精神力奮鬥著，進入了他的體內。

布拉尼克忽然大聲嚷嚷地命令著。

「各位，現在馬上下船！」

布拉尼克用自己和那傢伙所混合而成的聲音叫嚷著。組員和輔佐官們都拿著手槍，匆匆地跑了過來。

「總統！您怎麼了？究竟發生了什麼事情呢？」

「服從命令！下船。現在馬上去！」

布拉尼克將自己的手槍從皮套裡拿了出來。

「出去！現在馬上出去！」

他一邊揮舞著手槍一邊叫嚷著。看到了總統氣得漲紅的臉，大家怕了起來，急急忙忙地從飛船下來聚集在機場，四周有數百民手持武器的市民等著他們。

船長對自己的部下說著。

「總統已經發瘋了，流血不是最佳的選擇，我打算投降。」

「投降？沒這回事！」

輔佐官叫著。

「戰鬥！」

輔佐官轉向市民的那瞬間，響起了一聲槍響。

輔佐官抱著胸，膝蓋著地跪了下去。胸口的勳章旁，新的紅色勳章正一點、一點地開始擴散開來。輔佐官沒有開口說任何一句話，便臉朝地倒了下去。

船長和組員們都舉起了手。

進到布拉尼克身體裡的那傢伙的靈魂，對於飛船的一切都一清二楚。所以要發動前進也是很簡單的事情。

布拉尼克用僵硬的步伐走到駕駛員的位置上坐了下來。手槍從毫無生氣的手裡滑落了下來。布拉尼克勉強地挪動著手。

飛船慢慢地離地，機場揚起了大量的灰塵。留下來的船長和組員們的黑色制服，因為灰塵，都變成灰色的了。

飛船筆直地往高空飛去。載著一個身體，和兩個靈魂，往高空飛去。

之後，漸漸飛到了地球的大氣層外去了。從地球看去，飛船就像一顆紅色的小星星一樣。

到目前為止，飛船從來都沒有飛得那麼高過。從飛船的空橋窗

戶，可以看到藍色的地球，和像鑽石一樣的星星，現在好像伸手就能觸摸到一樣。飛船的引擎聲，就好像從一隻大貓的喉嚨所發出的叫聲一樣。

布拉尼克知道那傢伙的靈魂想要做什麼，他竭盡全力地戰鬥著。他的身體開始冒汗，太陽穴的青筋爆了出來，脈搏也加速地跳動著。布拉尼克用僵硬的步伐走到駕駛員的位置上坐了下來。手槍從毫無生氣的手裡滑落了下來。布拉尼克勉強地挪動著手。

飛船慢慢地離地，機場揚起了大量的灰塵。留下來的船長和組員們的黑色制服，因為灰塵，都變成灰色的了。

飛船筆直地往高空飛去。載著一個身體，和兩個靈魂，往高空飛去。

之後，漸漸飛到了地球的大氣層外去了。從地球看去，飛船就像一顆紅色的小星星一樣。

到目前為止，飛船從來都沒有飛得那麼高過。從飛船的空橋窗戶，可以看到藍色的地球，和像鑽石一樣的星星，現在好像伸手就能

觸摸到一樣。飛船的引擎聲，就好像從一隻大貓的喉嚨所發出的叫聲一樣。

布拉尼克醒悟到那傢伙的靈魂想做什麼，於是竭力地戰鬥著。他的身體開始冒汗，太陽穴的青筋爆了出來，脈搏也加速地跳動著。他瞠目結舌，臉色變得相當猙獰。

布拉尼克的精神和身體和那傢伙強行進入的靈魂纏鬥許久，那傢伙的靈魂越來越深入其中。

「啊啊啊啊……」

布拉尼克發出了大人和小孩的聲音，聽了令人毛骨悚然。

「快點離開我的身體！」

「我不要，這是為了你好，請安靜點！」

「不要，救命！誰來救救我！」

但是布拉尼克知道飛船上沒有人可以救他。

那傢伙慢慢地伸出他的手。核能指數高得越來越危險，紅色的警示燈開始閃動，警笛的鳴聲也跟布拉尼克的哀號一起迴響在幾無人煙

的飛船上。

「就此罷手吧！我一點也不想死啊！」

那傢伙的靈魂開始安撫布拉尼克的心。

「從小布拉尼克就一直希望大家注意你對吧？不要怕！不用多久，你會變成一顆閃亮的星星，地球上每個人都會像你看齊⋯⋯你會比任何名人還要耀眼，一顆巨星。」

那傢伙邊說這些話，邊把飛船的引擎功能開到最大，要使飛船爆炸。

布拉尼克總統的國家這時恰好是黃昏，戰爭已經到了尾聲。

但是紅磚建築物前，還有散落四處的死人，像是被拋棄的洋娃娃，黑色制服的屍體和民眾的屍體⋯⋯都有。

整座城到處都是屍體。

新的太陽很快地從東邊升起。天空的神就好像開燈般，將黃昏的天空照得像白天那樣明亮。

地上的人在那瞬間都倒吸了一口氣，驚訝地沒人發出聲音。

那個新的太陽活了十三分鐘，鳥兒也群起向天空飛去。

在新太陽中的布拉尼克靈魂，在那一剎那感覺到了「幸福」，然

後又被孩子的叫聲喚回過神⋯

「你看⋯！你看⋯！大家看⋯！很閃亮吧？很耀眼吧？」

「很偉大吧？」

在那之後，那傢伙的靈魂便與布拉尼克的靈魂一起朝遠方出遊。

那傢伙在金蛇隊總部的戰役陣亡了。游擊隊的領導也在戰爭最後的十分鐘，被手槍擊斃在總部的走廊，認識那傢伙的革命黨員都死光了。

救護車將那傢伙的屍體抬到擔架時，誰也不知道那傢伙的事蹟。

最後只留下在那場戰役中嚥下最後一口氣的男人，他勇敢奮敵的事蹟。

——不能忘記他的勇氣。

大部分的市民在心中這麼想著。

開始下起雨了。街上的血被雨水帶走。到了一早，街道已被雨水洗得很乾淨。

戰爭終於結束了。

第二十四章

魯桑市被深而柔軟的雪覆蓋著。從冬至的前一天晚上開始便晴空萬里。在天空中出現了像新的太陽一樣明亮的星星，連著十三分鐘，閃爍著耀眼的光輝。

冬至當天的早上開始，天空晴朗無雲，連一點風也沒有。在太陽還沒東方升起前，魯桑的孩子們就踮著腳尖走進廚房，把放在那裡的牛奶和蛋糕吃完。之後再把小禮物放在還在睡覺的父母親的枕邊，急忙地把上衣和長筒靴和圍巾穿上，到外面找朋友去了。

在早餐的吐司和咖啡和培根的香味飄散在街道上以前，孩子們用手在各自的家門前堆起了雪人，這是冬至當天的第一場遊行。

在魯桑的廣場和公園裡，裝飾著富有想像力的冰雕。從前一天晚上開始，大概有三分之一左右的路面在交通管制。魯桑的人們花了一整個晚上，在路面上用雪做了一條長長的溜滑梯。除此之外，還準備

了籠火、搭起帳棚和遮陽簾，也架好給集會活動和舞蹈表演要使用的舞台。

在大人因為疲憊而睡懶覺的這段時間裡，孩子們欣喜若狂。他們打雪仗、坐雪橇、玩溜滑梯。早晨是屬於孩子們的。

從中午開始，城鎮裡響起了音樂。在劈哩啪啦的火花聲出現後，所有的樂器和歌曲便開始在街道上響起。

所有人家的玄關上都會放上擺飾，而且任何人都可以隨意的自由進出。

在結冰的運河上，進行著滑冰比賽、馬拉雪橇競走和滑石遊戲。

在結冰的運河和河流旁邊，有個從早上就在那裡散步的男子。雖然他身穿著薩利亞的防寒服，但不知道為什麼總給人外國人的感覺。

他不像是薩利亞人。

他垮著肩膀走著。他的臉看起來比薩利亞人瘦多了，而且他的心看起來也像是飄盪在很遠的某處似的。

這個流亡到薩利亞，叫做塔巴魯博士的男子，穿著羊皮製的溫暖

大衣，一個人走著街上。在這熱鬧的喧鬧中，他以沉重而悲傷的心情，思考著有關自己的國家的事情。

——布拉尼克總統為什麼要對一個如此愛好和平的國家發動戰爭呢……？他一個人苦苦思索著。

遠方有誰正在呼喊著他。

「老師！塔巴魯老師！冬至快樂！歡迎你回來！」

對於這個冬至問候，他只是揮了揮手。

這個日子要和家族一起過的。不巧塔巴魯博士既沒有老婆，也沒有小孩。兄弟裡除了擔任游擊隊員的弟弟之外，其他人都被金蛇隊抓走了。就連他們是不是還活著，他也完全不知道。

他一個人一邊思考，一邊持續地走著。幾年前，塔巴魯博士和其他五位科學家，曾經被一個叫做布拉尼克的陸軍上校叫去，他在某個建築物的中庭裡看到了令人不敢相信的事情。

那天他的朋友死了。死去的朋友的弟弟逃走，成了游擊隊員，但他後來也死了。其他三位科學家，長時間被關在監牢裡拷問，最後也

都被射殺了。

塔巴魯博士和一同被逮捕的弟弟兩個人逃了出來，弟弟加入了游擊隊，博士則流亡到薩利亞。這是一段很艱苦的日子。

「老師，這樣不行喔。今天不可以一個人過。」

一位薩利亞的年輕男子跑到他身邊。

「老師，老師！塔巴魯老師！」

那是一位年輕學生，兩手握著裝有溫熱過並加入香料的紅葡萄酒大酒杯。他把其中一個遞給了老師。

博士滿懷感謝地用冰冷的雙手接下了溫熱的陶製酒杯。聞到了伴隨著蒸氣而來的香味。

「啊，巴納，謝謝你。冬至快樂，歡迎你回來。」

學生擔心地看著博士。

「老師還沒吃東西吧？喝完葡萄酒後，請跟我一起來吧。大學旁的公園裡有聚會。那裡有很多好吃的東西，光是燒肉，就有牛肉、山羊肉、鹿肉、鴨肉和雞肉。派也是熱呼呼的，很好吃喔。糕餅、飲料

也是什麼都有。全都讓您吃到飽。我們班上的人都很想和老師一起喝東西。如果老師能來，大家會很高興的，老師要不要一起來呢？」

塔巴魯博士本來想拒絕，但他看到這個性格直率的年輕男子的認真臉孔，便不好意思推辭了。

「那麼，我很樂意。」

學生舉起了自己的酒杯，輕輕地碰了一下博士的酒杯。

「慶祝太陽回來，乾杯！」

塔巴魯博士一口氣喝掉了半杯左右。葡萄酒溫暖了胃，馬上發揮了作用，讓他的心情好了起來。

那時旁邊來了許多不認識的人，拿著裝有溫葡萄酒的裹著羊皮的陶瓶，往博士和那學生的酒杯碰去。

「冬至快樂！」

博士喝了許多酒，他一邊想著薩利亞人為何會如此地親切，一邊和他們互相寒暄著。

「老師，我們走吧。我妹妹和雙親，大家都從鄉村來到魯桑。如

果方便，今晚要不要一起吃晚飯呢？」

「噢，巴納，你真是體貼……。不過今天從早上喝到現在，這樣的狀態也不適合在今晚見你的家人吧……。總而言之，改天……。」

「老師，今天在薩利亞應該沒有一個人不喝酒吧。在冬至這天要把過去的煩惱和悲傷全部都忘掉。如果不這樣做，閃耀的太陽會隱沒到山裡，地球就會永遠變成黑夜了。」

學生笑著說：

「這是薩利亞的傳說。走吧，老師……。你的肚子一定也餓了，不是嗎？」

路旁的人已經開始跳起了舞。運動、寒冷、溫蘋果酒、葡萄酒、蒸餾酒，臉變成紅色的人們一邊大聲地笑著一邊跳著舞。覺得有點累的時候，馬上就到爐火旁邊去。那裡會有朋友、美食、談天說笑和美酒等著。

走著走著，突然有位漂亮的金髮年輕女子抱住博士，並給了他一個大大的吻。博士吃驚到酒杯幾乎要掉到地上，巴納在一旁開心的笑著。

「啊……不好意思。不過，瞧老師一臉吃驚，這一定是首次體驗，對吧？第一次參加魯桑的冬至祭典嗎？」

金髮的美女消失在人群之中。

「嗯，沒錯。這是第一次。」

「剛剛那個也是魯桑的習慣唷。傳說在冬至那天，女性如果親吻外國人或旅人的話，隔年就能夠找到好的結婚對象。所以我想今天老師應該會被不少人親吧？」

塔巴魯博士微笑著。

「對於外國人來說……，這真是個有趣的習慣。」

他的臉突然嚴肅了起來。

「可是，我其實是敵國的人。」

「在這一天，一起喝酒、吃飯的人，是沒有敵人的。老師，只有今天，請你不要再說那些話了……。」

學生把話題轉開。

「昨天晚上，你看到那顆閃亮的星星了嗎？真的很大對吧。那個究竟是什麼呢？」

「其實我也不知道。是不是巨大的流星或什麼的？還是因為太陽看到了魯桑這樣的美女，所以昨晚特別早起了呢？」

拉著載貨車的男子靠近了過來。用如同旋律般的聲音叫喊著：

「……蘋果酒……蘋果酒。又甜、又熱、又濃烈的蘋果酒。」

載貨車上堆著炭火。那些炭火燒得火紅，插著幾隻鐵製的棒子。

火的旁邊放著用銅做成的，看起來像是有蓋子的厚鍋一樣的東西。鍋子上有個小小的龍頭。

巴納把載貨車擋了下來，並付了一些錢。兩個人的酒杯裡被倒入金色的蘋果酒。在那之後，從火裡拿出燒的火紅的鐵棒，放到酒杯裡去。

滋！

伴隨著聲音，一種不知道如何形容，好像混入了奶油糖醬汁的香味，刺激了博士的鼻子。

「這個蘋果酒是用山裡的香甜水果做成的，在蘋果中混入了木莓。很好喝，請喝。」

巴納一邊這麼說著，一邊向塔巴魯博士推薦著蘋果酒。

博士喝了下去，雖然有一點燙，但好喝的程度絲毫不輸給它的香味。

「老師，如果有其他美女來，要不要我再教你另一個魯桑的冬至習慣呢？」

「那是什麼呢？」

「回親對方也是可以的唷，老師。」

博士笑著跟在學生的後頭走。

一邊啃著烤鴨腿，塔巴魯博士注視著野外舞台上正在進行的舞蹈。在距離很近的爐火，和他所穿著的羊皮大衣及許多飲料的助興之下，博士一點都不覺得冷了。

野外舞台的後方，許多國旗的柱子並列著。許多國家的國旗隨風擺動著。不過其中一根柱子上並沒有掛上國旗。

原來即使是冬至，敵國的旗子也還是不能被掛上去的。塔巴魯博士的寂寞心情又像漩渦一樣襲捲了他的胸口。

——為什麼要戰爭……．

差不多就在那時，舞台上的舞蹈停止了，音樂也停止了。大學的

校長手裡拿著一張紙，站上了舞台。他舉起了手，

「安靜，安靜！」

他用清楚的語氣說著。

大家立刻安靜了下來。然後大家注視著彼此的臉。

怎麼……？又怎麼了嗎……？又要開始戰爭了嗎……？

「各位，我有重要的事情要宣佈！」

四周除了劈哩啪啦的火聲，什麼也聽不到。

「十分鐘前左右，和鄰國間斷了數年的無線通訊正式地接通了。

布拉尼克總統自殺身亡了。鄰國的新革命政府在這封電報裡，提出了

和薩利亞間的和平協定。當然我們的政府也贊同了和平的復興。各

位！戰爭結束了！」

校長的聲音稍微哽咽了起來。

「……冬至快樂！歡迎你回來！」

魯桑，伴隨著國旗，描繪在紫色土地上的紅龍慢慢地飄揚著。在

清澈美麗的夕陽的風中，那面旗幟誇張的隨風搖曳。

塔巴魯博士被學生們扛到了肩上，在公園裡旋轉著。

巴納問道：

「老師，你打算怎麼辦呢？要回去你的國家嗎？」

「當然要回去。不過，那是明天的事情。今晚要怎麼辦呢？要不要喝個痛快呢？」

自己也不知道爲什麼，塔巴魯博士的心底，浮現出飛到天空中的那張孩子的臉。

——那傢伙，消失到什麼地方去了呢……？

在西方的天空，又圓又紅的太陽正沉到山裡去。這個充滿著紅色、橘色、黃色的天空，似乎約定著晴朗的好天氣。看到了這片天空，乘船的或養羊的，應該都可以安心的入睡了。

夕陽的火焰，已經不再是戰爭的火焰了。

第二十五章

那傢伙和布拉尼克兩個人的靈魂,在繁星間的銀河裡持續著他們的旅程。雖然不管看了多少,還是有幾兆個從來沒有看過的星星,但布拉尼克的靈魂卻開始厭倦了。

「怎麼了?快點走吧!你看,你看!那個紅色的星星的右邊,有一顆看起來很有趣的行星唷。過去看看吧。」

布拉尼克的靈魂還是無動於衷。

「快點走吧,布拉尼克!現在就從這裡出發的話,到那裡只要花個幾百萬年……。」

「我……已經厭倦了。」

「咦?」

「厭倦了。」

——對這麼美的宇宙厭倦了?

那傢伙雖然感到不可置信，但仔細詢問了布拉尼克的靈魂後，出現了不可思議的事實。因為靈魂是看不見的，所以布拉尼克一直覺得很寂寞。

「因為即使知道你的存在，也還是看不見你對吧？就像是透明人……。總之，你還是想要一個身體。」

布拉尼克說道：

「我們不是人，也不是動物，更不是光。我們是靈魂，比空氣還輕，比鐵還要強唷。我說，布拉尼克，你振作一點嘛！」

不過，布拉尼克的靈魂卻漸漸憂鬱了起來。他無論如何也想要一個身體。

「真是麻煩啊。所謂的身體裡都已經有靈魂了。沒有靈魂的身體就是已經死掉的。已經死掉的身體通常不能再使用了，不是嗎？」

「可是，你不是經常進入並竊佔其他人的身體嗎？」

「真希望你能忘記那件事。因為，那並不是什麼好事……。」

「那麼，和其他的靈魂好好談一談，一起相親相愛的住在同一個身體裡如何？」

「嗯，那樣其實也不太好唷。擁有兩個靈魂的生物，一定會發狂的喔！」

兩個人的靈魂一邊思考著，一邊持續著旅程。布拉尼克的靈魂一直不停地抱怨著。那傢伙感到很困擾。

雖然布拉尼克的靈魂是從那樣偉大的大人身體裡出來的，但卻是一個尚未成長的靈魂。他的靈魂不過是魂的卵而已。

「你看！再繼續我們的旅程的話，一定會找到一個好辦法的⋯

⋯。」

那傢伙說。

‘那傢伙的靈魂顯然優秀許多。

過了一會兒，他們到了某個世界。那是個溫暖的海洋世界。在那片海上，完全沒有暴風雨、漩渦或是可怕的海流，只有平靜的浪花而已。海的世界的盡頭，透著紅色的光芒。

像長春藤一樣，類似昆布的海草，細微地結成了一張網，從海底纏繞到那裡去。從那些海草的莖部，傳來了溫和的節奏。

「哇！這些好稀奇。」

那傢伙說。

「我對魚那種東西沒有興趣……，我們離開這個海的世界吧。」

布拉尼克依舊滿腹牢騷地抱怨著。

「等一下！那上面有一個小小的城市唷，我們過去看一下吧。」

他說的沒有錯。一開始沒有仔細注意到，那裡有個被海草的葉子包圍著的城市。

兩個人的靈魂往城市的方向靠過去，入口的地方站著一位女性。

「請進，我等你們很久了，一直在等著你們唷。」

如果想要用言語來描述這位女性，恐怕無法做到。那位女性，美的、醜的、胖的、瘦的、白的、黑的……，盯著這位女性看的時候，她的形體、臉孔、衣服等，都在不斷地改變著。

「不要傻傻地站在那裡，快請進吧。」

兩個人的靈魂進到了城裡去。

城裡面充滿著柔和的光。是一種混合著紫色和粉紅色的光。城的牆壁上裝飾著薄薄的絲綢字畫。從細長的窗子裡，可以看到濃綠色的葉子隨風搖曳，進到城裡，就會聽見傳來海草的莖的節奏。

「這些雜草吵死人了。」

布拉尼克說道。

「這不是雜草。如果沒有這些海草的話，這個城市就活不下去了喔。都是靠這些粗粗的莖來運輸養分的喔。」

「啊！那不就和動脈一樣嗎？」

「就是這樣。布拉尼克先生，你的朋友確實有在觀察喔。如果你不變成那樣的話，想要有新的身體是不可能的喔。吵死人的雜草？對魚那種東西沒有興趣？噴噴噴，這樣不行喔。」

那位女性一邊搖動著手指，一邊斥責著布拉尼克。

「對不起。」

布拉尼克認真地道了歉。

「這是個什麼樣的地方呢？」

那傢伙問道。

「嗯……應該說是像學校一樣的地方吧。讓我來教你們要怎麼做，才能得到一個新的身體吧。不過請試著想想，你是不是真的想要

呢。現在這樣不是很方便嗎？輕輕的飄著，不是很好嗎？」

「我的話這樣就可以了，不過那小子就⋯⋯。」

「不要！我的話這樣！可是，如果沒有你一起的話，我也不要。」

我一個人會變得很寂寞。」

布拉尼克害怕地地鬧著。

那傢伙雖然想要一個人在宇宙間旅行，可是總覺得對於布拉尼克很早就從身體裡離開的這件事，自己必須負一些責任。

「我明白了⋯⋯。那麼，老師。希望你也一併教導我。」

那傢伙下定決心地說。那個女性的臉上，堆滿了笑容。

「這樣⋯⋯那麼開始吧。首先，必須要有構想才行。無法一開始就做成像人類那樣複雜的身體⋯⋯，先從單細胞開始吧。」

「唉，那我們的身體是誰做的呢？」

那傢伙吃驚地問著。

「那真是一個好問題。當然，其實靠自己是做不出來的。但這是從一開始就負起責任的問題。所謂的負起責任，就是要了解從一開始的製作方法不是嗎？以建築的概念來說，你們必須先成為現場的監督

者才行。瞭解了嗎？請到海裡去，把最單純的生物找過來。」

從那天開始，那傢伙和布拉尼克便從單細胞生物開始，學習著細胞分裂的方法。這真是個非常困難的學習。

稍有不慎的話，染色體就會變得雜亂無章了。而且，還會產生不尋常的東西。不過，在持續不斷地練習之下，他們已經可以將染色體區分得很好了。

就這樣，兩個人的靈魂記住了細胞分裂的方法。

「嗯，做的很好。明天會學習原始的器官的組成方法。學會了的話，會進入第十課的環形動物的做法。在那之後就是骨髓了。這個的做法是最困難的。」

那傢伙和布拉尼克都嘆了一口氣。

他們學習了很久，把進城的事，放到一旁……。

在這段期間裡，他們學習了魚鰓的做法，獲准到海裡游泳一天。

「兩個人都表現得很好。請小心地去吧！」

這天，他們充分地感受到了海水的美味。

「不過，對我來說，還是空氣比水好啊！」

布拉尼克這麼說道。

「不要抱怨了！現在才正要開始呢。因為我們明天就要學習肺的做法了……。你希望老師教你吧？一開始是腮，然後就是肺了。喂，布拉尼克。盡可能地潛到深一點的地方吧！」

不管潛到多麼深的地方，仍然可以聽到好像在催促著什麼似的，那個不可思議的海草的節奏。

在這段期間裡，那傢伙和布拉尼克學會了各種型態的生物的製作方法。

最後一天來臨了。

「老師，謝謝您了。」

布拉尼克不好意思地說道。

「老，魚果然是很有趣的。」

「很好，從現在開始，你終於明白了吧。從現在開始，在某處也能製造幾兆的新生物。選出自己喜歡的形狀，負起責任吧。還有順

序，如果還有想變成人的話，就要好好遵守規則。這樣如果要再進入一個新生物時，之前的事情就會忘得一乾二淨，全部都會忘光。」

「嗯，那真可惜……」那傢伙說。

「如果不想，那就在宇宙旅行吧。宇宙那麼大，多的是從沒聽說過的地方。但那個美麗的藍色地球真的是個好地方。想再回去一次嗎？你回去的話，就不用再回到這裡了。布拉尼克會再進入一個身

體，再多累積些未曾有過的經驗。你已經畢業了，你已經盡了所有生物應盡的義務，不需要再回來這裡了。」

「但這樣布拉尼克會變得很孤單……」那傢伙說。

「那麼那就讓你跟布拉尼克找一個合適的地方一起去吧。從現在開始，你想做什麼就自己決定吧。」

老師說到這裡已經熱淚盈眶。

「這片海全是由我的淚水所累積而成的，這個你們應該不知道吧？」

「為什麼要哭呢？」那傢伙問。

「因為你不會再回到這個城了。」

那傢伙也想哭，但是他因為沒有眼睛，所以沒辦法哭。

「你們都稱我為老師，其實，我是靈魂的母親。」

「靈魂的母親？那麼，母親大人，我們先告辭了。」

這時，接近太陽的地方剛好出現了黑點。那傢伙乘著宇宙的風，帶著布拉尼克的靈魂回到地球。

第二十六章

「終於完成了！」

我敲了敲自己的背。

「做的不錯呢。恭喜了。」

我自問自答著。寫完一本書的時候，最初自滿的那種心情已經消失，剩下的只有心平氣和，我想我比任何人都要了解這點。

總而言之是完成了。看看漫畫吧！喝杯威士忌吧！泡個舒服的澡吧！

走出了書房，坐在客廳的沙發上。我喝下一杯威士忌之後，走到浴室裡去。

正要刮鬍子的時候，看到鏡子因為熱氣而起了霧。

「可惡……看不到啊。」

用手抹了抹鏡子，一個發光的眼睛向我使了個眼色。我不禁笑了

出來。

「喂，不要玩什麼捉迷藏唷！」

我舀了一些水，把它倒在鏡子上。雖然鏡子上的霧全部都不見了，但映照出來的，卻是我恍惚的臉。

——又來了嗎？

一直到最近，我都留著鬍子。從開始長鬍子的那一刻起，我就一直留著鬍子。由於很討厭自己早上醒來時的臉，所以用鬍子多多少少可以遮蓋一下。

像聖伯納犬一樣下垂的眼睛，佈滿洛磯山脈般的皺紋，以前比賽時撞歪的鼻子……，一大早，有誰願意看到這樣的一張臉呢！

現在，我正在刮著我的鬍子。被畫在我臉上的皺紋地圖，與其說它醜，反而開始覺得挺有趣的。平常人都是從自己的臉看到這個世界的，我想偶爾也應該站在其他人的立場，看看自己的臉才對。

那傢伙，常常從鏡子裡開我的玩笑。就好比說像是今晚……。我抱著必死的決心和刮鬍子奮戰著，那傢伙卻跟我玩著捉迷藏……。

「好痛！喂，割到了啦。」

「因為伯伯你的臉凹凸不平，不割到才奇怪吧。用面紙擦一擦就

會好了。」

我的心情又不愉快了起來。走出浴室，牙也沒刷，穿著寬鬆的衣

服回到書房裡去。那傢伙又在書桌上面坐了下來。

「喂，那是花了好長的時間寫的原稿！快離開那裡！」

「啊，又生氣了對吧，伯伯。要不要來杯咖啡？可以讓心情變好

喔，拜託！」

「沒有你的允許，我也會喝好嗎？」

我拿來了威士忌和水，倒了一杯。那傢伙一直看著我的模樣。

「我懂了，我懂了。如果只倒一半在杯子裡的話，就有種不安定

的感覺。拜託……，放在那邊！」

「伯伯，你說的那本書，寫完了嗎？」

我將冰冷的玻璃杯緣往嘴唇靠，喝下了一些好喝中帶點苦和嗆的

威士忌。

「對……，是這樣沒錯。」

「讓我看看。」

「就在你屁股底下唷。如果你屁股上有長眼睛的話，就請看吧。」

那傢伙哈哈大笑。

「喂，不要在大半夜裡笑的像烏鴉一樣好不好。你會吵醒附近的牛的。」

那傢伙站了起來，這次咯答一聲地坐在我寶貴的打字機上面。然後俐落地拿起我寫好的原稿，開始讀了起來。

我和那傢伙都沉默了一會兒。如果在作家的面前，有個默默讀著那個作家原稿的人，我相信一般作家都會有一種奇妙的感覺吧。

我已經忍不住了。

「你覺得如何？」

我問道。

叮噹！叮噹！攪拌放在杯子裡的冰塊，發出了小小的聲音。仔細一看，眼裡浮現出了一座冰山。

那傢伙沒有回答。

「你覺得如何？」

我問了第二次。

可是還是沒有回答。

我把視線從玻璃杯裡的冰塊中移開，往打字機看去。那傢伙已經

不在那裡了。我不禁嘆了一口氣。

「這種時候，那傢伙總是不發一語……。」

我一個人嘀咕著，把杯子放下，並將書房的燈關掉。

這個時候，感覺遠方傳來了那傢伙的聲音，便往窗外的積雪看

去。但已看不到那傢伙的蹤影。我打開了窗戶，

「喂！」

我叫著，但我只聽到雪掉落下來的聲音。

這是我遇到那傢伙的最後一晚。

當我被一堆原稿弄的頭昏腦脹時，他還經常來打擾我……。從早

上開始，好幾次都吵得我不得安寧……。

從那天開始，就像斷了線的風箏，那傢伙沒有再出現在我的面前

——那傢伙，到底跑到哪裡去了呢？搞不好，當我脫皮的時候，那傢伙會來接我也說不定……？

了。

國家圖書館出版品預行編目資料

看得見風的男孩／C. W.尼克（C. W. Nicol）
著；黃靜怡 譯，－－初版，－－台北市：高
談文化，2006〔民95〕
　　面：16.5×21.5公分
　　ISBN 986-7101-21-9（精裝）

873.57　　　　　　　　　　　　95008050

看得見風的男孩

作　者：C. W. 尼克（C.W. Nicol）
譯　者：黃靜怡
發行人：賴任辰
總編輯：許麗雯
主　編：劉綺文
美　編：陳玉芳
企　劃：謝孃瑩、黃馨慧
發　行：楊伯江
出　版：高談文化事業有限公司
地　址：台北市信義路六段76巷2弄24號1樓
電　話：（02）2726-0677
傳　真：（02）2759-4681
http://www.cultuspeak.com.tw
E-Mail：cultuspeak@cultuspeak.com.tw
郵撥帳號：19884182 高咏文化行銷事業有限公司
印　刷：卡樂彩色印刷公司（02）2883-4213
總經銷：紅螞蟻圖書有限公司
　　　　電話：（02）2795-3656
　　　　傳真：（02）2795-4100
行政院新聞局出版事業登記證局版臺省業字第890號
風を見た少年 © C. W. Nicol 1983
First Published in Japan by CROSSROAD
Complex Chinese character translation rights arranged through
China National Publications Import & Export (Group) Corporation.
Copyright © 2006 Cultuspeak Publishing Co., Ltd.
All Rights Reserved. 著作權所有‧翻印必究
本書文字非經同意，不得轉載或公開播放
獨家版權©2006高談文化事業有限公司
2006年5月初版一刷
定價：新台幣360元整